DESEO

CAT SCHIELD
Venganza y placer

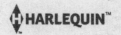

HARLEQUIN™

Editado por Harlequin Ibérica.
Una división de HarperCollins Ibérica, S.A.
Núñez de Balboa, 56
28001 Madrid

© 2019 Catherine Schield
© 2019 Harlequin Ibérica, una división de HarperCollins Ibérica, S.A.
Venganza y placer, n.º 163 - 21.3.19
Título original: Revenge with Benefits
Publicada originalmente por Harlequin Enterprises, Ltd.

I.S.B.N.: 978-84-1307-353-8
Depósito legal: M-1148-2019
Impresión en CPI (Barcelona)
Fecha impresion para Argentina: 17.9.19
Distribuidor exclusivo para España: LOGISTA
Distribuidor para México: Distibuidora Intermex, S.A. de C.V.
Distribuidores para Argentina: Interior, DGP, S.A. Alvarado 2118.
Cap. Fed./Buenos Aires y Gran Buenos Aires, VACCARO HNOS.

MIXTO
Papel procedente de
fuentes responsables
FSC® C108412

Prólogo

Mientras hablaba la conferenciante principal del acto «Las mujeres hermosas toman las riendas», Everly Briggs se fijó en Zoe Crosby y comprendió que era el eslabón más débil de su plan. Antes del acto, había investigado a las asistentes y había elegido a dos mujeres a quienes sus hombres habían maltratado. Durante el cóctel, había hablado con ellas y les había contado que el poderoso empresario Ryan Dailey había hundido a su hermana.

Además de Zoe Crosby, también había animado a London McCaffery a que no contuviera su rabia después de que Linc Thurston hubiese roto su compromiso.

—La tres hemos sido víctimas de un hombre rico y poderoso —comentó Everly pensando sobre todo en Zoe.

Su exmarido había contratado al abogado matrimonialista más despiadado de Charleston y, según los rumores, Zoe iba tener que emplear toda su indemnización en pagar la minuta del abogado.

—¿No os parece que tendríamos que desquitarnos?

—Hagamos lo que hagamos, acabaremos pareciendo las malas —contestó Zoe.

Esas dudas desquiciaban a Everly. Hasta ese momento, Zoe Crosby había estado escuchando y asintiendo con la cabeza. Antes de conocerla, se había imaginado que si había una mujer deseosa de machacar a un hombre poderoso, esa tendría que ser una esposa a la que había engañado uno ellos y a la que, después, había abandonado y había obligado a que defendiera su honor en los tribunales.

Sin embargo, estaba empezando a entender por qué Tristan Crosby había tratado con ese desprecio a su esposa. Era una mujer demasiado pasiva y blanda, no tenía ni metas ni pasión. Tendría que despertar la indignación de la joven de la alta sociedad por cómo la habían tratado y ganársela para esa trama de venganza.

–No si cada una... persigue al hombre de otra –explicó Everly, aunque Zoe todavía parecía preocupada–. Pensadlo. Somos unas desconocidas en un cóctel –siguió Everly, intentando dominar la impaciencia–. ¿Quién iba a relacionarnos? Yo persigo a Linc, London persigue a Tristan y Zoe persigue a Ryan.

–Cuando dices «perseguir», ¿en qué estás pensando? –preguntó Zoe con cautela.

Everly hizo un esfuerzo para no poner los ojos en blanco. Le había parecido desde el principio que Zoe iba a ser demasiado apocada para ser una buena colaboradora en la venganza, pero, al menos, podría manipularla para que hiciera lo que ella quería.

–En el caso de Ryan, su hermana se presenta como candidata del Estado para el Senado.

Everly decidió que lo mejor sería controlar la parte del plan que le correspondía a Zoe para cerciorarse de que Ryan Dailey recibía su merecido por haber metido en la cárcel a su hermana.

Al fin y al cabo, era el responsable de que le hubieran roto el corazón a Kelly y eso había sido lo que había hecho que borrara planos de ingeniería valorados en millones de dólares para atacar a su empresa. Estaba segura de que Kelly no habría reaccionado así si él no le hubiese dado falsas esperanzas.

Zoe frunció más el ceño cuando Everly le propuso que fuera indirectamente a por Ryan.

—Creía que íbamos a ir a por los hombres. No me gusta la idea.

—Como Ryan le destrozó la vida a mi hermana, me parece justo que nosotras evitemos que la hermana de él salga elegida —le explicó Everly con paciencia, aunque empezaba a estar fuera de quicio—. Lo mejor es llegar a Ryan a través de su hermana, ¿de acuerdo?

Zoe asintió levemente con la cabeza y eso no le dio confianza a Everly. Si esa joven de la alta sociedad de Charleston no podía hacer lo que había que hacer, ella tendría que ocuparse personalmente.

Capítulo Uno

Zoe Crosby, Alston, se recordó, se miró en el espejo con los dedos clavados en el brazo del asiento forrado de plástico barato de la peluquería. Ya era oficial. A partir de ese día marcaría la casilla de «divorciada» en cualquier impreso que le preguntara su estado civil. Aunque llevaba un año recordándose que ella no tenía la culpa, la vergüenza por el fracaso la dejaba sudorosa y desdichada.

–¿Estás segura? –Penny, la peluquera, le pasó los dedos entre el sedoso pelo–. Tienes un pelo maravilloso. Es impresionante el color caramelo con reflejos rubios. ¿Estás segura de que no te conformarías con que cortara unos centímetros?

Zoe apretó los dientes y sacudió la cabeza.

–No, quiero que me afeites la cabeza.

La peluquera pareció más apenada, si eso era posible.

–No es asunto mío y eres tan guapa que puedes llevar el pelo de la longitud que quieras, pero traicionaría a mi profesión si no te disuado de que hagas algo tan radical.

Tristan había sido muy especial con su pelo. Había querido que le llegara exactamente hasta los pezones, consideraba que esa era la longitud perfecta. No le había dejado que llevara mechas o que se lo cortara a capas. Tenía que ser como una cortina sedosa cortada en recto. Tampoco le había dejado que se lo rizara o se lo recogiera en un moño cuando estaba con él. Había sido una de las muchas maneras de controlarla.

Zoe fue perdiendo el valor y suspiró. Había entrado en la peluquería dispuesta a afeitarse la cabeza como si así le diera un corte de mangas a su ex. Tristan ya no podía controlarla más y eso era estimulante, pero deshacerse de todo su pelo quizá fuese llegar un poco lejos. Aun así, tenía que hacer algo para señalar el día que se libró definitiva y felizmente de Tristan Crosby. Miró las fotos de mujeres con distintos cortes de pelo que había por la pared y se fijó en una.

—¿Qué te parece ese? —Zoe señaló a una morena con el pelo muy corto y de punta—. Aunque yo lo quiero rubio platino.

—Te quedaría muy bien con tus facciones —contestó la peluquera con alivio.

—Adelante.

Zoe volvió a mirarse en el espejo una hora y media más tarde y no se reconoció. Había desaparecido esa esposa de un próspero empresario de Charleston que llevaba conjuntos de jersey y chaqueta o vestidos con flores. La había sustituido una chica moderna con camiseta estampada y unos vaqueros negros desgarrados. Se estremeció mientras se pasaba los dedos por el nuevo peinado.

A Tristan le espantaría esa transformación radical.

¿Cuándo dejaría de tomar decisiones para agradar a su exmarido? Tenía que pensar en lo que le gustaba a ella. Además, tenía otro motivo para cambiar su aspecto.

Salió de la peluquería, fue a una perfumería para comprarse una barra de labios y una sombra de ojos de un color que la esposa de Tristan Crosby no habría podido llevar jamás. Una vez en el aparcamiento, se montó en el coche y se maquilló.

Con más seguridad en sí misma por su nueva imagen, puso el coche en marcha y se dirigió a la sede de la campaña de la candidata Susannah Dailey-Kirby. Pensaba ofrecerse voluntaria, hacerse indispensable y reunir todos los trapos sucios que pudiera para hundir a la gemela de Ryan Dailey. Everly le había propuesto esa estrategia para darle su merecido a él por lo que le había hecho a Kelly.

En su momento, le pareció bien. No tenía ni la más remota idea de lo que tenía que hacer alguien para vengarse. Mientras estuvo casada con Tristan, solo había intentado sobrevivir a su maltrato psicológico y no le habían quedado ni fuerzas para maquinaciones ni agallas para llevarlas a cabo.

Pero había conseguido acumular decenas de miles de dólares de su asignación durante el matrimonio. No se había criado en la indigencia precisamente, pero su familia sí vivía al día y a ella le gustaba la independencia económica que le ofrecía ese dineral secreto que tenía. Aunque debería haberse dado cuenta de que Tristan lo consideraría una amenaza para su autoridad. Cuando lo descubrió, le reclamó ese dinero y vigiló sus gastos más de cerca. Sin embargo, eso, en vez de intimidarla, hizo que estuviese más decidida y que confiara menos en los supuestos amigos y aliados.

La soledad de estar casada con Tristan era casi tan espantosa como el maltrato psicológico y emocional al que la sometía. No debería haber dejado que Tristan la convenciera para que abandonase la universidad en el primer curso y organizase una boda por todo lo alto en vez de haberse sacado el título. Mientras recorría el pasillo de la iglesia como si flotase en una nube, meses antes de haber cumplido veintiún años, había creído de verdad que el resto de su vida sería un cuento de hadas… y lo había sido en cierto sentido, Tristan había resultado ser como el rey malvado que cobraba tributos desmesurados a los campesinos y castigaba a sus súbditos cuando estaba de mal humor.

Ella no había tenido amigos de verdad, como quedó de manifiesto a raíz de la separación y el divorcio. Nadie movió un dedo para apoyarla o ayudarla. Se había convertido en una paria dentro de su estricto círculo social cuando Tristan fue contando historias falsas sobre su infidelidad. Nadie la había creído cuando había negado las acusaciones.

La sede de la campaña de Susannah Dailey-Kirby estaba bastante cerca del albergue de animales donde era voluntaria una vez a la semana. Le encantaba estar con animales, pero Tristan no le había dejado tener un animal de compañía.

Aparcó en el centro comercial y fue por la acera hasta el local de la campaña. Se había pasado una semana observando las entradas y salidas del personal y para reunir valor para presentarse.

Algunos días le costaba saber si la rabia por el fracaso del matrimonio iba dirigida contra Tristan o contra sí misma. Su parte racional culpaba a Tristan por sus expectativas irracionales, pero su parte emocional echaba la culpa a las carencias de ella.

Tenía que centrarse en la tarea que tenía entre manos o todo se iría al traste. Estaba reiniciando su vida como Zoe Alston y eso abría todo un abanico de posibilidades, pero antes tenía que cumplir con su compromiso.

Tomó aire para reunir valor y abrió la puerta. Había esperado que aquello fuese un hervidero de actividad a pesar de que todavía faltaba un año. Sonó una campanilla cuando entró, pero nadie se dio cuenta. La misma campanilla sonó cuando cerró la puerta. Todo el mundo estaba mirando una pantalla de televisión muy grande. Se sintió como una intrusa, pero avanzó dos pasos. Entonces, titubeó y no supo si seguir o retirarse. Era un momento aciago. Cuatro personas formaban un semicírculo alrededor de un hombre alto y delgado con el pelo canoso, tupido y muy bien peinado. Había teléfonos que sonaban en distintas mesas, pero nadie les hacía caso.

Tardó un par de segundos en comprender que alguien más se había presentado como candidato y que, al parecer, era algo espantoso. Se dio cuenta de que no era el mejor momento para presentarse como voluntaria y empezó a darse la vuelta para marcharse por donde había llegado cuando se chocó con alguien.

Captó un olor a colonia de hombre y todos sus sentidos se aguzaron. Seguía desorientada por ese olor tan viril cuando su hombro derecho impactó contra un pecho duro como una peña. Rebotó como un gatito que hubiese chocado contra un mastín. Se tambaleó y podría haberse caído si él no la hubiese agarrado de un brazo. La agarró con fuerza, la sujetó y el corazón se le desbocó.

Su mirada se encontró con unos ojos grises de una intensidad increíble. Se quedó hipnotizada, hasta que cayó en la cuenta y tragó saliva, asustada.

Era Ryan Dailey.

No habían pasado ni treinta segundos desde que había puesto en marcha su participación en la conspiración para vengarse y ya se había dado de bruces con su objetivo. Su mentón firme, su mirada aguileña, sus espaldas inconmensurables y su sonrisa sensual tuvieron un gran efecto. Sintió un hormigueo en todas las terminaciones nerviosas y un calor que le subió por el cuerpo hasta concentrarse en las mejillas.

—¿Está bien? —le preguntó Ryan Dailey.

Tenía una voz grave y profunda.

—Sí —fue lo único que consiguió contestar ella.

—Soy Ryan Dailey —se presentó él mirándole con detenimiento los pelos de punta, los carnosos labios oscuros y la vestimenta despreocupada—. El hermano de Susannah.

Mientras la escudriñaba, ella se fijó en su traje azul marino, su camisa blanca y su corbata azul claro. Aunque llevaba unas botas con tacones de diez centímetros, lo que la elevaba hasta el metro setenta y cinco, él le sacaba una cabeza.

—Soy Zoe…

Se quedó en blanco antes de que pudiera decir el apellido. Había sido Zoe Crosby durante ocho años, pero eso era agua pasada.

—Encantado de conocerte, Zoe.

Ryan llenó al incómodo silencio y, a juzgar por el brillo de interés de sus ojos grises, lo había dicho sinceramente.

–Encantada de conocerte.

Zoe no podía dejar de mirarlo, pero sí tuvo temple como para levantar un codo e indicarle que ya no necesitaba que la sujetara. Él soltó los dedos que la atenazaban y se apartó un poco, pero ella siguió sintiendo el hormigueo en la piel por debajo de la cazadora de cuero negro.

–Eres nueva en la campaña de Susannah –comentó él.

–¿Por qué lo dices?

–Me habría fijado en ti si hubieses estado antes.

El comentario le despertó palpitaciones en las entrañas. Además, el interés que se reflejaba en sus ojos era demasiado penetrante. Por eso, Zoe decidió representar el papel de voluntaria entusiasta sin nada que ocultar.

–Me encantaría trabajar de voluntaria en la campaña, pero me parece que hoy no es el mejor día para estar aquí. Me parece que están muy ocupados. Ya volveré en otro momento.

–No te marches –Zoe sintió una oleada de calidez por su embaucadora sonrisa–. Ven, te los presentaré.

Zoe, para su propia sorpresa, le sonrió.

–Me quedaré por aquí y tú me llamas si tienen tiempo.

Él asintió con la cabeza y siguió su camino. Ella se quedó mirándolo, horrorizada y emocionada a la vez. ¿Ese era Ryan Dailey?

Aunque había dicho que se quedaría, salió a la calle para tomar aire y escapar del ambiente cargado. Le habría resultado imposible hundir a un hombre tan formidable. Ryan Dailey no era Tristan. No parecía de los que disfrutaban siendo despiadados. Eso no significaba que no fuese peligroso, sobre todo, después de lo que le había pasado a la hermana de Everly, pero ella no se sentía en peligro… al menos, por el momento.

–Interesante… –farfulló Ryan para sí mismo.

Ese choque le había despertado algo que llevaba mucho tiempo dormido: el deseo. ¿Cuándo fue la última vez que vio una mujer y quiso acostarse con ella para satisfacer sus necesidades más elementales y deleitarse con toda una serie de fantasías obscenas?

La química entre ellos le había alterado. Seguía percibiendo su presencia mientras se dirigía al fondo de la oficina. La colisión había desencadenado una reacción en cadena por todo el cuerpo. Se desinfló en cuanto se acercó al grupo de personas que estaban delante de la televisión. Se había acabado la noticia sobre la presentación de Lyle Abernathy como candidato al Senado, pero acababa de empezar la discusión sobre qué hacer. Ryan se incorporó al grupo y se fijó en la expresión sombría de Gil Moore.

–Hola, Gil.

–Hola, Ryan. Supongo que ya lo sabes.

–¿Lo de Abernathy? Sí.

–Va a perjudicarnos –comentó el director de campaña.

–¿Qué tal lo lleva Susannah?

–Ya sabes su lema. *No dejes que te vean padecer.*

Ryan asintió con la cabeza.

13

–Por cierto, ha venido alguien para ofrecerse como voluntaria. Se llama… –Ryan se dio la vuelta y vio que Zoe había desaparecido–. Maldita sea.

No podía soportar la idea de no volver a verla.

–Me parece que se ha largado.

–Creía que no era el momento adecuado.

–Espero que no la hayamos ahuyentado –comentó Gil–. ¿Te has quedado con su nombre?

–Zoe –no era gran cosa, y menos para localizarla–. ¿Te importaría avisarme si vuelve? Tenía el pelo rubio y muy corto y una cazadora de cuero negra. Un estilo muy desenfadado.

–Estaremos al tanto –le prometió Gil.

–Gracias –Ryan le agradeció que no le hiciese más preguntas–. Iré a ver qué hace Susannah.

Fue hacia el despacho de su hermana gemela y la encontró detrás de su mesa mirando el ordenador. El pelo largo y moreno le caía como una cortina lisa y lustrosa hasta el traje azul cobalto. Tenía el hermoso rostro relajado, como si no le hubiese importado lo más mínimo que se le hubiese complicado tanto la campaña.

–¿Qué haces aquí? –le preguntó ella entrecerrando los ojos.

–He venido a ver qué tal estás.

–¡Por favor! ¡Mamá y tú! Acabo de terminar de hablar con ella. Estoy bien.

Efectivamente, nada parecía alterar a Susannah, ni siquiera cuando eran pequeños. Ese aplomo le vendría muy bien durante los meses siguientes.

–Lyle es un obstáculo mínimo –añadió ella.

Ryan miró al equipo de su hermana, que estaba hablando en voz baja.

–Me parece que Gil no comparte tu opinión.

–Le gusta preocuparse.

–Y tú no te preocupas lo bastante.

–¿De qué serviría? –preguntó Susannah con el ceño fruncido–. Lyle ha cambiado de distrito porque no iban a elegirlo para un cuarto mandato y es tan arrogante que cree que yo seré una competencia menor que Jeb Harrel.

–Es la primera vez que te presentas…

Y era mujer. Ryan, sin embargo, no añadió la segunda parte. Abernathy arrojaría todo tipo de descalificaciones contra Susannah y el sexo sería una de ellas.

–Soy una candidata fantástica para este distrito y todo el mundo lo sabe –hizo una pausa y sonrió con cierta chulería–. Entre ellos, Lyle Abernathy.

–Eso hará que use todo tipo de artimañas contra ti.

–Estoy completamente limpia –le recordó su gemela–. No puede utilizar nada contra mí.

–Eso no lo detendrá. Se inventará algo.

–Estaremos preparados.

Ryan abrió la boca para rebatirlo, pero comprendió que sería inútil. Susannah Dailey-Kirby no necesitaba su ayuda.

Las paredes que separaban el despacho del resto de la oficina eran de cristal. Tenían persianas por si necesitaba intimidad, pero en ese momento estaban subidas y Ryan se encontró mirando por tercera vez hacia la puerta por donde tenía que haber salido Zoe. Susannah también miró en esa dirección.

–¿Buscas algo?

–A alguien. A tu voluntaria más reciente.

–No veo a nadie.

–Con todo el follón, se ha marchado antes de que alguien le hiciera caso. Esperaba que hubiese cambiado de opinión y volviera.

–Vaya… Tiene que tener algo especial para que estés tan interesado. ¿Era guapa?

–Sí.

Tenía que estar loco para que le preocupara una mujer con la que había hablado menos de un minuto, pero se acordó de que al chocarse con ella se le había borrado de la cabeza todo sobre la política y Lyle Abernathy.

–¿Muy guapa?

–Muy guapa, pero también era distinta a todas las mujeres que suelen gustarme.

–¿Cómo es…?

Ryan se preguntó si podría explicar con palabras su reacción. Conocía a cientos de mujeres al año. ¿Por qué esa en concreto? Era guapa, pero no era la mujer más deslumbrante que había conocido ni había hablado lo suficiente con ella como para saber si era graciosa o lista. Sin embargo, seguía impresionado.

–Vestía como una tía dura. Vaqueros negros y camiseta estampada. Pelo rubio de punta y maquillaje oscuro. Como una mezcla de hippy y roquera.

Él, sin embargo, había captado su vulnerabilidad por debajo de ese exterior rudo.

–¿De verdad? –su hermana no intentó disimular lo divertido que le parecía–. Efectivamente, no parece tu tipo ni mucho menos.

Estaba cansado de salir con mujeres sofisticadas y triunfadoras como su hermana, mujeres que se había impuesto la misión de pasar por encima de todo el mundo. Quería a alguien a quien pudiera ayudar, una mujer que no tuviera miedo de necesitarlo.

–Es posible que necesite a alguien distinto.

A pesar de los errores que había cometido con Kelly Briggs, le gustaba la idea de ser el paladín de alguien y se negaba a renunciar a la arrogancia de estar convencido de que tenía razón cuando actuaba por el bien de alguien. Claro, era posible que en esos tiempos las mujeres no quisieran que las ayudaran o rescataran, era posible que exigieran que las relaciones fuesen equilibradas y ninguno mandara sobre el otro… y él no se oponía, pero ¿qué tenía de malo que bajaran la guardia de vez en cuando y dejaran que el hombre sacara músculo?

Zoe le intrigaba. Había vislumbrado algo en sus ojos que había despertado su instinto protector, y eso podría ser un problema después de lo que había pasado cuando había intentado ayudar a Kelly Briggs. Ella había confundido sus ganas de ayudarla con una relación sentimental. Cuando le explicó que su preocupación era platónica, ella se vengó y atacó a su empresa con saña.

–Sin embargo, no se trata de mí –siguió Ryan–. Se trata de tu campaña y vas a necesitar toda la ayuda que puedas encontrar. Sobre todo, ahora que Lyle también se presenta.

–Claro –su hermana le sonrió con ironía–. Tú sigue contándote eso. Espero que vuelva. Por el bien de la campaña, naturalmente –Susannah hizo una pausa para que él captara la ironía–. ¿Cómo dijiste que se llamaba?

–Zoe. Con un poco de suerte, volverá.

–Si vuelve, le pediremos todos los datos. No quiero que desaparezca de tu vida por segunda vez.

Ryan abrió la boca para negar que tuviera algún interés, pero suspiró.

–Me parece muy bien. Tengo que irme. Llámame si hay alguna novedad.

Susannah lo agarró del brazo antes de que pudiera marcharse.

–Te quiero, hermano mayor. Te agradezco que te preocupes por mí aunque no lo necesite.

–Es lo que hago –replicó él poniéndole una mano encima de la de ella.

–Lo sé, y yo también me preocupo por ti –dijo ella en voz baja–. Espero que vuelva tu mujer misteriosa y que sea fantástica, porque te mereces a alguien fantástico en tu vida.

–Estoy bien –comentó él automáticamente.

–Claro que estás bien, pero quiero que estés fantástico, y eso podría conseguirlo la mujer indicada.

Susannah se había casado con el primer hombre con el que había salido y vivían como una pareja perfecta. Jefferson y ella llevaban diez años casados y tenían dos hijos, Violet y Casey, de seis y ocho años. Además de ser una esposa cariñosa y una madre excepcional, era abogada de sociedades en el despacho más importante de la ciudad. Cada día se esmeraba para llegar más alto y lo hacía con elegancia y naturalidad.

–Jeff es muy afortunado por tenerte –comentó Ryan–. Me temo que has puesto el listón muy alto para mi futura esposa.

Susannah agitó la mano para quitarle importancia al halago.

–Somos un gran equipo. Yo no podría hacer nada de todo esto sin él.

Ryan la abrazó con fuerza y se marchó mientras se preguntaba si era verdad lo que había dicho su hermana. Aunque ella estaba convencida de que podía sobrellevar todo lo que le hiciera Lyle durante la campaña al Senado, a él no le gustaba el giro que habían dado las cosas. Era el momento de ver a su amigo en el centro de la ciudad. Quizá él supiera qué tretas rastreras podían esperarse hasta el día de las elecciones.

Capítulo Dos

Al día siguiente, Zoe volvió a la sede de la campaña de Susannah con la esperanza de encontrar menos caos y no toparse con Ryan. Aunque el ambiente seguía agitado, la gente ya no estaba en crisis. La recibieron en cuanto cerró la puerta.

–Hola, me llamo Tonya –le saludó una pelirroja muy guapa con vaqueros y una camiseta de Dailey para el Senado–. ¿Puedo ayudarte?

–Sí, vine ayer y…

–¿Eres Zoe? –le interrumpió Tonya.

Zoe se quedó atónita de que supiera su nombre. ¿Ya la habían descubierto? Era imposible.

–Sí…

–Fantástico. Nos alegramos mucho de que hayas vuelto. Ryan comentó que habías venido y te habías marchado antes de que pudiéramos recopilar tus datos.

–Estabais muy ocupados –replicó Zoe con la esperanza de que no se le notara el alivio.

–Nos alegramos de que hayas venido. ¿Has trabajado en alguna otra campaña política?

Zoe negó con la cabeza y Tonya empezó a describirle las distintas actividades en las que podían participar los voluntarios.

–¿Por qué no vienes a mi mesa y me das alguna información básica?

A Zoe no le importó darle su dirección de correo electrónico y su número de teléfono, pero se mostró remisa a darle la dirección de su casa.

—Estoy durmiendo en la casa de una amiga. ¿Puedo darte un apartado de correos?

Tonya asintió con la cabeza, aunque titubeó.

—Supongo que valdrá. ¿Estás buscando una residencia permanente?

—Sí, esa es la idea.

Zoe pensó en el cuarto que tenía en la trastienda del local que había alquilado el año anterior. Eso fue antes de que la minuta del abogado consumiera lo que recibió en el convenio del divorcio e hiciera peligrar su sueño de poner una tienda benéfica de segunda mano que permitiera recuperarse económicamente a las víctimas de violencia doméstica.

—Solo necesito algo que pueda pagar —añadió Zoe.

—Claro.

Tonya le hizo preguntas sobre el tipo de trabajo que hacía y sobre qué le gustaría hacer en la campaña. Mientras contestaba, miró hacia el despacho acristalado que había al fondo de la oficina. Desde allí, podía ver a Susannah que trabajaba con su ordenador. Sintió una opresión en el pecho. Temía el primer encuentro con Susannah cuando sabía que intentaría perjudicarle todo lo que pudiera.

El remordimiento se adueñó de ella. Había estado tan centrada en el divorcio y en la rabia por todo lo que le había hecho Tristan que no pensó en el daño que haría a una persona inocente con el trato que había hecho con London y Everly. Si empezaba a pensar así, no podría llevar a cabo lo que había pensado. En cambio, pensó en la justificación de Everly, en que Ryan se merecía sentir el mismo dolor y la misma impotencia que había sentido ella por lo que le había hecho a su hermana.

Mientras decidía no darle más vueltas a lo ético que era lo que habían tramado sus compinches y ella, oyó que se abría la puerta de la calle y notó que la temperatura de la habitación subía varios grados. Tonya miró por encima de su hombro y esbozó media sonrisa de alivio. Las sirenas de alarma se dispararon en su cabeza. ¿La habían descubierto? Cerró los puños y se clavó las uñas en las palmas de las manos para dominar el pánico. Su tarea no iba a ser fácil si perdía el control de su imaginación.

–Hola, Ryan –le saludó Tonya con una sonrisa radiante–. ¿Qué tal?

El día anterior, después de chocarse con él, se había largado porque se había alterado tanto que no podía quedarse y fingir que era una voluntaria como otra cualquiera.

En ese momento, cuando sentía un hormigueo en la piel por la proximidad de Ryan, miró a la otra joven y se dio cuenta de que Tonya estaba colada por el atractivo empresario.

–Estoy muy bien –contestó Ryan con su voz aterciopelada–. ¿Qué tal estás tú, Tonya?

–Mucho mejor que ayer –la mujer puso los ojos en blanco–. La noticia sobre Lyle fue un bombazo, pero Susannah nos tranquilizó a todos. Es increíble.

La admiración desmesurada que se reflejaba en los ojos de Tonya podría haberle divertido si ella no tuviese el corazón desbocado por culpa de Ryan Dailey.

–Lo es –concedió Ryan mientras entraba en el campo de visión de Zoe–. Has vuelto –una sonrisa cálida curvó sus labios perfectos–. Es fantástico.

Zoe fue subiendo la mirada por el traje gris, la camisa blanca y la corbata color melocotón. La boca ya se le había hecho agua cuando llegó a ver la barba incipiente que le daba un aspecto ligeramente gamberro.

Zoe había investigado a fondo para preparar cómo podía hundir a Ryan Dailey. A pesar de su fortuna y de su éxito como empresario, no era aficionado a mostrarse en público. Solo había podido ver la foto de su cara que salía en la página web de su empresa, y esa foto no la había preparado para su imponente presencia.

A su hermana, en cambio, le gustaba destacar. Estaba en el consejo de varias organizaciones benéficas que se ocupaban de asuntos infantiles y asistía a todo tipo de actos con su marido al lado. Se movían en círculos completamente distintos y sus caminos no se habían cruzado nunca. No se le ocurría qué podía decir para atraer la atención de esa abogada próspera e inteligente.

Fuera lo que fuese lo que Ryan Dailey hacía en su vida personal, lo tapaba con todo cuidado. No había encontrado ni rastro de su vida amorosa en los medios de comunicación, pero ella se imaginaba que a él, como a otros muchos hombres ricos y poderosos, le gustaría llevar a un bombón del brazo, a mujeres hermosas y sexys para presumir.

Maldijo para sus adentros al darse cuenta de que se había quedado sin respiración.

–Todos estaban muy ocupados ayer –dijo.

–Me alegro de que hayas vuelto.

Ella sintió un estremecimiento porque le había parecido sincero y por el interés que veía en sus ojos grises. Para su desasosiego, reconoció lo que había debajo del manojo de nervios: atracción. Era como un chisporroteo por todo el cuerpo y la abrasaba como jamás había hecho su marido. Su matrimonio no había sido por amor. Él la había elegido por motivos que había dejado muy claros a los pocos meses de casarse. Ella, al principio, había llegado a creer que bastaba con sentir afecto por su marido para estar felizmente casada.

No volvería a cometer el mismo error.

No sabía muy bien lo que quería de su próxima relación duradera, pero sí sabía que jamás estaría con alguien que despreciara sus sentimientos o pisoteara su autoestima de alguna manera.

–Yo también –dijo Zoe–. Tonya estaba comentándome algunas de las cosas que podría hacer para echar una mano.

–Entonces, ¿vas a ser… fija?

–Me gustaría –contestó Zoe mirando a Tonya para librarse de la intensidad de la mirada de él.

La agitación que se había desatado dentro de ella por el engaño, el remordimiento y la reacción física que le producía Ryan era una mezcla explosiva. Juntó las palmas de las manos y se las metió entre los muslos para que no viera que temblaba.

–Estamos muy contentos de que esté aquí –intervino Tonya sin dejar de mirar a Ryan.

–Tonya, ¿te importaría venir un momento? –le pidió un hombre desde el extremo opuesto de la habitación.

–Perdonadme –se disculpó ella mientras se levantaba–. Volveré enseguida. No os vayáis a ninguna parte –añadió Tonya sonriendo a Ryan.

Zoe esperó que Ryan se marchara, pero él, en cambio, se sentó en la silla que había dejado libre Tonya y miró el impreso que había rellenado. Levantó la mirada, se la encontró mirándolo y esbozó media sonrisa que hizo que se le alterara el pulso.

–Ayer, cuando te marchaste, temí no volver a verte –reconoció él.

A ella se le aceleró el corazón.

–Me pareció que no era el momento indicado para estar aquí –murmuró ella.

–¿Te apetece tomar un café cuando hayas terminado con todo esto?

Su reacción irreflexiva fue de alegría y se quedó boquiabierta como una necia embobada. Era un hombre increíblemente sexy y cualquier mujer se emocionaría si le invitara a tomar café.

¿Qué sentido tenía que estuviera interesado por ella? No era Zoe Crosby la adinerada joven de la alta sociedad sino la normal y corriente Zoe Alston con los pelos de punta y ropa barata. Así, ella sabía que no jugaba en la misma división que él y él también tenía que saberlo. Entonces, ¿cuál era el punto de vista de él y qué podía hacer ella para seguir con sus averiguaciones sin que se le viera el plumero? Everly le había avisado de que Ryan podría recelar si era demasiado directa y ella había pensado centrar sus esfuerzos en ganarse a Susannah. Jamás se le había ocurrido imaginarse que Ryan podría interesarse por ella y ese giro imprevisto la había dejado muda mientras se replanteaba la estrategia.

–No te asustes –siguió él interpretando mal el titubeo de ella–. Soy inofensivo, puedes preguntárselo a cualquiera de todos estos.

–No estoy segura de que «inofensivo» sea la palabra que te define mejor –replicó ella.

–¿No? Entonces, ¿qué dirías que soy?

Atractivo, sexy, irresistible… Además, si Everly tenía razón, era depredador, manipulador y despiadado. Aunque ella no podía imaginárselo así.

–Pareces bastante simpático.

–Tal y como lo dices casi parece un insulto –replicó él entre risas.

–No lo es –ella se puso roja–. Me gusta… la simpatía.

Él sonrió y el destello blanco de sus dientes hizo que le bullera la sangre y que se inclinara hacia él. Se quedó hipnotizada por el brillo plateado de sus ojos grises.

–Perfecto –murmuró él–, porque quiero gustarte.

Le desquiciaba darse cuenta de que anhelaba estar con él y que no se debía a ninguna conspiración en la que se había metido. Zoe comprendía que Ryan le interesaba por un motivo netamente femenino producido por un instinto tan antiguo como la humanidad. Se pasó los dedos entre el pelo para intentar dominar la atracción de él.

–No sé hasta cuándo querrán que me quede hoy –comentó ella mirando hacia Tonya, que los miraba a ellos con curiosidad.

–Esperaré.

Zoe se puso nerviosa cuando él siguió mirándola fijamente con esos ojos grises.

–Estoy segura de que tendrás que hacer muchas cosas como para quedarte esperándome. ¿No diriges una empresa?

Él sonrió con indolencia para contrarrestar su sutil rechazo.

–Una de las ventajas de ser el jefe es que me pongo mi propio horario.

Esa confianza en sí mismo estaba excitándola y no podía ser. Había demasiadas cosas en juego como para que un ataque de lujuria le hiciera pensar en otra cosa.

–Si lo prefieres, podemos salir a cenar –siguió él con una voz profunda que le hizo papilla los huesos y la fuerza de voluntad.

Zoe se obligó a dejar de mirar el brillo cautivador de sus ojos, pero el daño ya estaba hecho, ya había prendido la mecha de soledad que había sobrellevado durante su matrimonio.

–Claro –ella lo dijo sin querer antes de que pudiera pensar lo que sentía–. Quiero decir…

–Demasiado tarde –él la interrumpió con una sonrisa de oreja a oreja–. ¿Quedamos a las siete?

–Hoy estoy ocupada –mintió ella al darse cuenta de que no podía parecer demasiado entusiasta.

–¿Mañana?

–Eres un poco insistente, ¿no?

Ella intentó actuar como si no estuviese halagada cuando sentía que le palpitaba todo el cuerpo por la emoción y cuando tenía los nervios a flor de piel.

–Estoy acostumbrado a salirme con la mía.

Precisamente por eso lo prudente sería que ella no perdiera la cabeza y mantuviera la guardia bien alta. Quería unirse a la campaña para hacerle daño a través de su hermana. Everly había dicho que era un ojo por ojo, pero ella no había tenido en cuenta lo difícil que sería vengarse de alguien que le gustaba. Tenía que tener presente que Ryan era un hombre tan perverso como su exmarido. Si se centraba en eso, le resultaría mucho más fácil hundirlo.

Sin embargo, se encontró soñando despierta con su atractivo rostro y su impresionante cuerpo. Pero había algo que le preocupaba más que su traicionera libido, que su humor irónico le hiciera sonreír y que su seguridad en sí mismo sorteara las defensas de ella con facilidad. Si se le sumaba la devoción hacia su hermana, parecía el partido perfecto.

Había una pregunta sin contestar. Si era tan maravilloso, ¿por qué no tenía pareja? Everly aseguraba que no tenía escrúpulos, que no tenía reparos en utilizar a las mujeres y dejarlas tiradas. Era lo que había hecho con Kelly Briggs.

Luego, la metió en la cárcel cuando ella tuvo un arrebato e, impulsivamente, borró unos planos de ingeniería que le habían costado millones de dólares a la empresa de Ryan. Everly quería que recibiera su merecido por haberle dado falsas esperanzas a su hermana y haberla dejado tirada después. Según la imagen que le había dado Everly de él, era fácil considerarlo alguien que se merecía un escarmiento.

¿Cómo iba a identificar esa imagen con el hombre que había conocido? Ese desajuste le preocupaba y hacía que dudara de lo que pensaba hacer al unirse a la campaña de Susannah.

—¿Dónde puedo recogerte? —le preguntó él sacándola del ensimismamiento.

Zoe negó con la cabeza. Él esperaría que viviera en un piso o en una casa. Su… vivienda era mucho menos convencional y él le haría demasiadas preguntas que ella no quería contestar.

–¿No podemos quedar en el restaurante?

–¿Cómo sabré que te presentarás? –preguntó él mirándola con los ojos entrecerrados.

–¿Por qué no iba a hacerlo?

–Es una pregunta interesante –él se inclinó hacia delante y su imponente presencia la envolvió–. Tienes algo que no sé lo que es, pero me intrigas.

A Zoe se le puso la carne de gallina por motivos muy diversos.

–¿Yo? –ella se rio y sacudió la cabeza–. Tiene gracia. No tengo nada que sea mínimamente interesante.

–Eso ya lo decidiré yo. Estoy deseando llegar a conocerte mejor. ¿Te parece bien a las siete en el Charleston Grill?

Ella no quería, por nada del mundo, ir a un sitio que estuviese cerca del centro y donde pudiera encontrarse con algún conocido.

–Es un poco… elegante para mí –contestó ella con reflejos rápidos–. ¿Qué te parece Bertha's Kitchen a las seis?

Era un restaurante clásico de comida sureña que estaba en el norte de Charleston famoso por el pollo frito y los acompañamientos. Las generosas raciones de deliciosa comida sureña se servían en platos de plástico, como de cafetería. Era un sitio adonde no esperaba que fuese un próspero empresario como Ryan. Sin embargo, para su sorpresa, él asintió con la cabeza sin titubear.

–A las seis –él sacó una tarjeta y se la dio–. Aquí tienes mi número de teléfono por si acaso –él agarró la tarjeta con fuerza cuando ella fue a tomarla–, pero que sepas que me quedaré destrozado si no acudes.

Ella dudó mucho que hubiese algo que pudiera destrozarlo, pero le tranquilizó.

–Acudiré.

Ryan se levantó con una sonrisa devastadora.

–Hasta mañana, Zoe Alston.

–Hasta mañana –repitió ella en voz baja y con el cuerpo cargado de electricidad–, Ryan Dailey.

Ryan, rebosante de satisfacción, se dirigió hacia el despacho de su hermana y se dejó caer sobre el respaldo del asiento.

–Gracias por avisarme de que Zoe había vuelto –comentó mientras se sentaba.

–Siempre me encanta ayudar a mi hermano mayor –Susannah era cinco minutos más joven que Ryan–. ¿La has invitado a salir?

–La he invitado a cenar.

–¿Y ha aceptado? –preguntó Susannah con una ceja arqueada.

–¿Tú qué crees? –preguntó él sin disimular su sonrisa burlona.

–No es tu tipo precisamente.

Ryan sabía que su hermana se refería a que él siempre había salido con mujeres de su mismo círculo social, con bellezas de buenas familias, de buenos colegios, de buenos modales, con buenas profesiones… Si se hubiese casado con alguna de ellas, habría caído en un modelo muy predecible. Quería una mujer que le encrespara los sentimientos y fuese un estímulo para él.

—Reconozco que tiene un estilo distinto, pero prefiero pensar que no soy tan superficial —Ryan esbozó una sonrisa que desarmaría a cualquiera—. Es misteriosa y sus ojos tienen algo trágico.

—Además, en el fondo tienes un complejo de caballero andante que te mete en problemas.

Susannah se refería a Kelly Briggs. Ryan había querido ayudarla y le había salido el tiro por la culata.

—Que tú no hayas necesitado mi ayuda desde que estábamos en el colegio no quiere decir que los demás no agradezcan que les eches una mano de vez en cuando. Además, no eres la más indicada para hablar, tú eres la que más ayudas a los demás.

—Los ayudo, no los rescato.

—Me da la sensación de que Zoe no necesita que la rescaten.

—Acabas de decir que tiene algo trágico. Me preocupa, después de lo que pasó con Kelly.

Todavía le agobiaba que hubiese llevado mal la situación con Kelly Briggs, aunque quizá esa no fuese la mejor descripción para lo que había pasado. La había tomado tal como era y no había mirado debajo de la superficie para buscar el motivo verdadero.

Kelly había sido muy prometedora desde el principio y se había integrado en su equipo como una mujer inteligente y con talento. También era hermosa y quizá hubiese salido con ella si no hubiese sido su empleada. Tenían mucha sintonía tanto en el terreno profesional como en el personal. Había estado tentado de cruzar la línea varias veces, pero no lo había hecho nunca.

Eso no quería decir que las cosas no hubiesen sido confusas algunas veces. Sobre todo, después de que se hubiese enterado de que Kelly tenía problemas con un exnovio que se negaba a aceptar que lo hubiese dejado. No le se ocurrió que salir a su rescate una tarde en el aparcamiento de la empresa pudiese tener repercusiones... o que pudiese estar mandando la señal equivocada cuando se ofreció a ayudarla si ese hombre volvía a acercarse a ella.

—Lo que pasó con Kelly fue una breve ofuscación mental, pero Zoe es distinta. Es cautelosa y desconfiada. Creo que le ha pasado algo y no se ha repuesto del todo.

Le costaba imaginarse a Zoe enamorándose de él porque fuera simpático. Si quería conseguirla, iba a tener trabajárselo mucho.

—¿Te parece una buena idea salir con alguien así? ¿No puedes salir con alguien sin problemas?

—Alguien sin problemas es aburrido.

—Como una mujer que lleva mucho tiempo casada y que adora a su marido y a sus dos hijos, puedo decirte que alguien sin problemas es maravilloso.

—¿Tanto que has decidido presentarte como candidata? Si fueses tan feliz como dices, te habrías conformado con tu brillante trayectoria como abogada y tu perfecta vida familiar.

—Eso es injusto —ella frunció el ceño—. Estar satisfecha no quiere decir que no quiera más. Una parte de la felicidad con mi vida es ponerme metas y crecer como persona. Presentarme como candidata es parte de eso.

Llamaron a la puerta, Ryan se dio la vuelta y vio a Gil. Susannah lo invitó a entrar y se sentó al lado de Ryan.

–¿Qué pasa, Gil? –le preguntó Susannah.

–¿Qué sabes de la mujer con la que estabas hablando? –le preguntó Gil a Ryan.

–¿Zoe…? –Ryan miró a su hermana para ver su reacción y estaba igual de desconcertada que él–. No sé nada. ¿Por qué?

–He estado hablando con Tonya y me ha dicho que le ha dado mala espina.

–¿Qué clase de mala espina? –le preguntó Susannah adelantándose a Ryan.

–Ha estado muy imprecisa sobre su pasado y sobre el motivo para colaborar en la campaña –Gil miró fijamente a Susannah–. Se presentó el día que Abernathy anunció que también se presentaba. Me parece una coincidencia sospechosa.

A Ryan no le gustaba lo que estaba insinuando el director de campaña.

–¿Por qué sospechosa?

–Lyle podría haberla mandado para que nos espiara.

–¿De verdad? –Ryan resopló–. ¿Te parece una espía?

–Claro que no, por eso sería la espía perfecta. Tonya me dijo que utiliza un apartado de correos como dirección y que hizo muchas preguntas sobre todos los que trabajan aquí. Creo que deberíamos investigarla más antes de que vayamos a darle algo que pueda desvelar nuestra estrategia.

–Tienes que estar de broma.

Ryan, sin embargo, notó que su actitud había cambiado. Se acordó de que su gemela se había quedado preocupada porque Zoe lo intrigaba. ¿Era otra elección equivocada? No soportaba que él mismo siguiera poniendo en duda a su intuición.

–Susannah, ¿tú también te crees esta teoría de la conspiración? –le preguntó Ryan a su hermana.

También se diferenciaban porque ella se planteaba las cosas con mesura. Si bien Ryan solía lanzarse y apechugar con las consecuencias más tarde, Susannah esperaba y sopesaba las alternativas antes de dar un paso. Él solía pensar que se compensaban, que ella lo animaba a que reflexionara y que él intentaba convencerla para que siguiera sus corazonadas.

–Vas a salir a cenar con ella, ¿no? –le preguntó ella–. Estoy de acuerdo con Gil en que tenemos que saber algo más.

Ryan, para su desasosiego, notó que sus dudas también aumentaban un poco. Esa campaña significaba mucho para Susannah. Estaba renunciando a ser socia de su despacho de abogados y robándole tiempo a su familia para perseguir sus sueños políticos. Quedaría destrozada si perdía ante un mediocre como Abernathy por haber depositado la confianza en la voluntaria equivocada.

–Me gusta –protestó Ryan, aunque sabía que haría cualquier cosa para proteger a su hermana–. No voy a tratarla como a una combatiente enemiga.

–No hace falta que la sometas a un tercer grado –Susannah esbozó una sonrisa burlona–. Basta con que emplees ese encanto irresistible que tienes y llegues a conocerla mejor.

–Muy bien, cumpliré con mi deber hacia la campaña y me enteraré de hasta el detalle más nimio de su vida –Ryan hizo una pausa al darse cuenta de que Gil no parecía satisfecho–. ¿Por qué no me das una copia de su formulario de ingreso y le… consulto a Paul?

Paul Watts, propietario de Watts Cyber Security, le había ayudado a descubrir quién le había saboteado el ordenador de la empresa, por un valor de dos millones y medio de dólares, y había sido crucial para poder presentar la demanda contra Kelly Briggs. Además, y lo que era más importante, era su mejor amigo desde la guardería. La fascinación por la tecnología había hecho que brotara la amistad cuando eran dos chicos y los había mantenido unidos de adultos. Además de haberse criado en el mismo barrio, habían ido a la misma facultad en la universidad.

A pesar de las similitudes, cada uno había seguido un camino profesional distinto. Ryan había creado una empresa de ingeniería y Paul, que le había dado la espalda a la empresa naviera de la familia, se había decantado por el cumplimiento de la ley. Eso lo había enemistado con su padre y su hermano, habían discutido con acritud y llevaban varios años distanciados.

Como no sabía dónde podría encontrarlo, le mandó un mensaje de texto para proponerle que quedaran a beber algo. Paul se definía a sí mismo como adicto al trabajo y muchas veces se abstraía tanto que se olvidaba de comer y dormir. Todo empeoró el año anterior, cuando estuvo persiguiendo a una banda de ladrones cibernéticos que habían pirateado a uno de sus clientes y le habían robado decenas de miles de datos económicos.

Estoy en casa. Pásate por aquí.

Ryan recogió el formulario de Zoe y se dirigió hacia su coche. La buscó mientras recorría la oficina de la campaña, pero ya se había marchado.

Después de un par de paradas, llegó al porche de Paul con unas cervezas y una pizza. Paul estaba descalzo y recién duchado cuando le abrió la puerta, pero tenía ojeras bajo los ojos verdes.

–¡Caray! –exclamó Ryan al ver su palidez–. ¿Has dormido algo?

–Trabajé toda la noche –contestó Paul mientras tomaba la pizza y se dirigía hacia la cocina.

–Sabrás que son las cinco de la tarde…

Paul dejó la caja, se pasó los dedos por el pelo rubio y miró el reloj del microondas.

–¿De verdad?

–No voy a preguntarte si has comido –Ryan decidió olvidarse un momento del asunto que lo había llevado allí para centrarse en su amigo. Le dio una cerveza–. ¿Qué tal está Grady?

Grady Watts era el abuelo de Paul y una de las mayores influencias de su vida. Era un hombre que había trabajado mucho y se había arriesgado más, pero llevaba unos años delicado de salud. Además, hacía un mes había sufrido un derrame cerebral que le había afectado al habla y le había paralizado el lado derecho del cuerpo.

–No tiene buen aspecto –contestó Paul en tono sombrío antes de dar un sorbo de la botella mirando al infinito–. No tiene ni fuerzas ni ganas para mejorar y yo no sé cómo llegar a él.

–¿Has hablado con tu padre y tu hermano del asunto?

–¿Tú qué crees?

Ryan no contestó. Quería a su amigo, pero para Paul las cosas eran o blancas o negras y eso hacía imposible llegar a un acuerdo con él. Además, aunque no lo reconociera, le había dolido que su familia no hubiese respaldado su decisión de entrar en la policía.

–Lo siento.

Quizá fuese porque era gemelo o porque sus padres siempre le habían apoyado en todo lo que había hecho, pero no podía imaginarse distanciado de su familia más directa.

–¿Puedo hacer algo? –añadió Ryan.

–Has venido con pizza y cerveza… –contestó Paul con una sonrisa muy leve.

–Bueno, no es una visita altruista precisamente –replicó Ryan mientras le pasaba el formulario de Zoe por la encimera de mármol–. Necesito que investigues a alguien.

–¿Quién es?

–Alguien que acaba de entrar de voluntaria en la campaña de Susannah y Gil cree que podría ser una espía de Lyle Abernathy.

–¿Y qué importa?

–¿Dónde te has metido los últimos días? –le preguntó Ryan en un tono entre burlón y desesperado–. Abernathy ha cambiado de distrito y se ha presentado de candidato contra Susannah.

–Creo que he oído algo, pero no había atado

37

cabos –Paul tomó un trozo de pizza y empezó a comerlo mientras ojeaba el formulario de Zoe–. ¿Tú qué opinas sobre Zoe Alston?

–Me reservo mi opinión.

Paul miró un rato a su amigo en silencio.

–¿Te gusta?

–Sí.

–Entonces, ¿se trata de verdad de la campaña de Susannah o quieres que la investigue por lo que pasó con Kelly Briggs?

–Es posible que haya un poco de todo –reconoció Ryan, a quien le espantaba que ya no confiara en su intuición sobre la mujeres que le gustaban–. No tiene nada de malo ser un poco cauteloso y, además, yo no fui quien hizo saltar la alarma.

Si bien eso era verdad, él tampoco iba a defender la inocencia de Zoe precipitadamente. La paranoia de Gil le había despertado sospechas y no iban a desaparecer si no tenía pruebas concretas de que no era una amenaza para Susannah.

–La investigaré, pero prométeme que recularás si encuentro algo.

Ryan recordó el efecto en su libido de las curvas y labios carnosos de Zoe. Tenía algo que le estremecía y dudaba mucho que pudiera olvidarla sin haberse acostado antes con ella.

–Lo pensaré –concedió Ryan, sabiendo que no lo haría.

Capítulo Tres

Zoe entró en Tesoros para una Segunda Ocasión y seguía nerviosa por la cita con Ryan Dailey que había hecho el día anterior. Hacía un año que había abierto esa tienda con objetos artesanales hechos por mujeres víctimas de la violencia doméstica. La idea le había surgido por la impotencia que había sentido ella mientras estaba casada con Tristan. Normalmente, la tienda le producía una sensación de orgullo y satisfacción, pero últimamente, a medida que menguaba el saldo del banco, esa sensación estaba convirtiéndose en miedo.

Ese proyecto había sido su pasión durante tres años, desde que tuvo la idea hasta que la llevó a cabo. Durante ese tiempo, había podido ayudar a unas cien mujeres con apuros económicos por haber escapado de matrimonios conflictivos. Había metido todo lo que tenía en esa tienda y se daba cuenta de que no era suficiente.

Se había retrasado con el pago de la renta y estaba a punto de defraudar a todas las que la necesitaban imperiosamente para lograr una victoria. La creciente presión financiera había sido uno de los motivos que la habían llevado a entrar en el complot con Everly y London. Había decidido participar en la conspiración de Everly por la posibilidad de que London encontrara alguna pista sobre el dinero que Tristan había escondido en paraísos fiscales y por ver sufrir a su exmarido como había sufrido ella.

—Hola, Jessica —Zoe saludó a la dependienta a tiempo parcial que estaba detrás del mostrador—. ¿Qué tal nos va hoy?

—Ha pasado algo espantoso… —a la joven de veinticinco años madre de dos hijos se le quebró la voz— y ha sido por mi culpa.

Zoe se acercó corriendo y dominó el pánico, no podía perder los nervios.

—Seguro que no ha sido tu culpa —Zoe vio que Jessica tenía los ojos rojos de haber llorado—. ¿Qué ha pasado? ¿Estás bien? ¿Te han hecho algo?

—No —Jessica sacudió la cabeza con vehemencia—. No es eso. La caja que debería haber ido al banco hoy ha desaparecido.

Zoe contuvo un grito mientras asimilaba el revés económico y abrazaba a la mujer.

—No pasa nada. ¿Por qué no me cuentas lo que ha pasado?

—Yo quería recoger el programa de Ashley en el colegio y Maggie vino antes de comer para vigilar la tienda mientras yo no estaba —le contó Jessica con la respiración entrecortada y entre lágrimas.

Aunque Maggie no tenía mucha experiencia con la artesanía, ayudaba en la tienda cuando podía. A Zoe siempre le había parecido digna de confianza.

—¿Crees que se llevó el dinero?

Jessica se encogió de hombros desolada.

—Cuando volví, ella se marchó corriendo y a mí me pareció muy raro. No me acordé, hasta una hora más tarde, de que no había guardado el dinero de la caja en la bolsa del banco. Cuando fui a comprobarlo, el dinero había desaparecido.

—No pasa nada —repitió Zoe, aunque no era verdad, ni mucho menos.

Había docenas de mujeres que esperaban que les pagara los objetos que habían hecho con tanto cariño y habían dejado en depósito y había prometido al casero que pagaría varios de los meses que llevaba de retraso. Calculaba que había unos cinco mil dólares preparados para depositarlos en el banco. Eso sí era culpa suya. Se había distraído con el trabajo en la campaña de Susannah y no había ido al banco en casi una semana.

—¿Cómo actuó Maggie cuando vino?

—No lo sé… —Jessica arrugó la cara mientras pensaba—. Es posible que estuviese como pensando en otra cosa. Le ha pasado mucho últimamente. Creo que pasa algo con su ex.

—¿Te ha hablado de él? —le preguntó Zoe aunque sabía que le contestaría que no.

La violencia doméstica se sufría en silencio porque muchas víctimas tenían demasiado miedo o demasiada vergüenza para hablar.

—No —confirmó Jessica—, ya sabes cómo es Maggie.

Magnolia Fenton tenía tres hijos y un exmarido con un genio espantoso. Si bien no la había maltratado físicamente, sí la había humillado y menospreciado sistemáticamente y la había alejado de familiares y amigos, y todo eso había pasado factura. Además, la falta de conocimientos especializados le había impedido encontrar un empleo y se había sentido atrapada. Su situación le había recordado a Zoe la que había vivido ella y había intentado conectar más con Maggie. Creía que había avanzado durante los últimos meses, pero…

–Estoy segura de que Maggie ha tenido un buen motivo para llevarse el dinero –comentó Zoe con la esperanza de que fuese verdad–. No es una ladrona.

Tenía que estar pasándole algo muy grave para haber hecho algo tan desesperado.

–¿Vas a llamar a la policía? –le preguntó Jessica con cierto nerviosismo.

Ya se había culpado a sí misma y si ella llamaba a la policía, Jessica no se perdonaría a sí misma.

–No. La llamaré y, con un poco de suerte, podremos resolver lo que esté pasando.

A Zoe no le sorprendió que el teléfono de Maggie estuviese fuera de servicio. Por lo que había hablado con ella, se enteró de que su exmarido la había acosado cuando lo abandonó e, incluso, le había abollado el coche. Su forma de aislar a Maggie había despertado unos sentimientos muy intensos en Zoe, quien reconocía que se había alejado de Maggie cuando debería haber roto una lanza por ella y haberse convertido en su defensora.

A las tres, Jessica se marchó para recoger a sus hijos del autobús del colegio y Zoe se quedó sola. Afortunadamente, el flujo continuo de clientes no le permitía darle vueltas a los problemas, pero cuando cerró a las cinco, los pensamientos que la agobiaban le atenazaron el cerebro.

La tarjeta que le había dado Ryan estaba en su mesa de la trastienda. Podría haber cancelado la cena con Ryan por lo que estaba pasando en la tienda, pero él le parecía muy entretenido y, le gustara o no, le emocionaba que la hiciera sentirse como se sentía.

Dejó a un lado esa reacción y se recodó que iba a salir con él para sonsacarle toda la información que pudiera sobre su hermana y la campaña. Pasó por alto un elegante vestido ceñido de su tono azul favorito y eligió un vestido de algodón a rayas negras y blancas, unas deportivas blancas y un jersey negro muy amplio. Era una vestimenta que podría haber llevado cuando estaba en la universidad. Era cómoda y no tenía ni una etiqueta exclusiva, pero no era la que impresionaría a un hombre.

Era importante que pasara inadvertida si quería sacar información sobre la campaña de Susannah. Si Ryan seguía persiguiéndola, sería tema de conversación de todo el mundo en la oficina. El día anterior, cuando Ryan se fue a hablar con su hermana, Tonya le había dejado muy claro que tenía que mantenerse alejada del hermano de la candidata. El motivo que le había dado había sido un poco confuso, pero su enojo había quedado meridianamente claro.

Ella había declarado que Ryan no la interesaba, pero, evidentemente, Tonya no la había creído, había dado a entender que ninguna mujer en su sano juicio podría resistirse a él. Seguía pensando en eso cuando aparcó y vio a Ryan esperándola cerca de la puerta del restaurante.

Mientras se dirigía hacia allí, se concedió unos segundos para admirar su cuerpo espigado y musculoso con unos vaqueros desgastados y una camisa negra de punto remangada para mostrar sus fuertes antebrazos. Parecía muy cómodo en ese ambiente sin pretensiones.

Bertha's Kitchen estaba en un edificio de dos pisos pintado de azul claro con la carpintería morada. El restaurante, que se fundó en 1979, era un clásico de la comida sureña y uno de los sitios favoritos de Zoe cuando iba al norte de Charleston para trabajar de voluntaria en el albergue de animales.

—Hola —le saludó ella cuando estuvo lo bastante cerca—. Perdona el retraso, pero había más tráfico del que esperaba.

—No te preocupes —replicó él con media sonrisa—. Merece la pena esperarte.

Zoe lo miró en silencio cuando no se le ocurrió una respuesta ingeniosa. Estaba acostumbrada a que la halagaran un poco. Los amigos de su marido habían comentado muchas veces lo guapa que era, pero eran comentarios que hacían más bien en honor de Tristan, como si tener una esposa deseable indicara lo poderoso que era él.

Sin embargo, allí estaba, con su ropa normal y corriente, y Ryan se comportaba como si fuese la mujer mejor vestida del universo. Sintió una descarga eléctrica cuando captó que su piel irradiaba un saludable olor a jabón y su champú hacía que pensara en la luz del sol.

—¿Tienes apetito? La comida es fantástica, aunque, probablemente, no sea a la que estás acostumbrado.

—Al contrario, vengo bastante a menudo —él hizo un gesto para que ella entrara primero—. Sobre todo ahora que la sede de la campaña de Susannah está cerca.

Había fracasado estrepitosamente su intento de resaltar su diferencia social y de demostrarle que ella no era una de esas mujeres refinadas con las que solía salir. Revisó el concepto que tenía de Ryan mientras él sonreía y coqueteaba con las mujeres que repartían platos de costillas de cerdo, pollo frito, verduras hervidas, sopa de carne con pimentón y esponjoso pan de maíz. Era más que evidente que no había exagerado cuando había dicho que era un habitual porque conocía el nombre de varios camareros y camareras y de algunos cocineros.

Cuando les llevaron sus bandejas de comida y el té dulce, se sentía completamente derrotada.

–Háblame de ti –le pidió Ryan sin andarse por las ramas–. Quiero saberlo todo.

Ella había esperado que fuese como la mayoría de los hombres triunfadores que conocía y que solo querían hablar de sí mismos. También había preparado una historia aburrida para que él perdiera el interés enseguida, pero su mirada penetrante le advirtió que tenía que tener cuidado con lo que decía.

–Yo soy muy normal –empezó ella en un tono anodino, aunque tenía el corazón acelerado–. Tú eres el interesante, tú diriges una empresa de ingeniería con proyectos en todo el mundo.

Desgraciadamente, ese intento de desviar la atención de sí misma no tuvo éxito.

–¿Dónde te criaste? –le preguntó Ryan.

–En Greenville.

Si Ryan estaba dispuesto a sonsacarle el pasado, ella pensaba darle respuestas cortas y ambiguas.

–¿Por qué viniste a Charleston?

–Vine después de la universidad.

Omitió la parte de la novia rebosante de optimismo por la vida que le esperaba con su marido guapo y adinerado. Durante el principio de su matrimonio, creía que su vida iba a ser perfecta.

–¿Qué universidad?

–La Universidad de Carolina del Sur.

–¿Qué título?

–No me licencié.

Él ladeó la cabeza por el tono defensivo de ella.

–Lo dices como si creyeras que voy a juzgarte.

–Tú eres un brillante ingeniero y un empresario triunfador. Tu hermana es abogada y candidata al Senado.

–¿Crees que vales menos por no haberte licenciado? –Ryan hizo una pausa–. ¿Estás juzgándome porque crees que me considero mejor que los demás? ¿Por eso elegiste este sitio? ¿Querías dejar claro que tú eres como todo el mundo y yo un majadero?

–No.

Sin embargo, ¿no había elegido Bertha's Kitchen precisamente por eso?

–Entonces, ¿por qué insistes tanto en que soy un triunfador?

Ryan lo preguntó como si tuviera curiosidad, como si quisiera llegar a conocerla mejor, como si se hubiese propuesto saber todos sus secretos. Ella contuvo la respiración porque eso era muy peligroso.

–Supongo que me he acostumbrado a que me juzguen por mis decisiones.

–¿Estás contenta con las decisiones que has tomado?

–¿Lo está alguien?

La lista de malas decisiones era mucho más larga que la de los logros que la enorgullecían.

–¿Qué cambiarías si pudieras volver atrás?

Zoe lo había pensado mucho durante los últimos años. Su matrimonio con Tristan no había sido malo siempre. Podía ser amable, gracioso y generoso, y lo había sido al principio. Se casó cuando era una ingenua de veinte años y él la había controlado con facilidad. Había querido complacer a Tristan y lo había hecho casi siempre.

–Es difícil contestar a esa pregunta. Las decisiones que he tomado me han convertido en la persona que soy, y me gusta esa persona. Si hubiese tomado otras decisiones, podría haberme convertido en otra persona.

–¿Te gustaría haberte licenciado?

–Claro que me gustaría haberme licenciado.

Sin embargo, ¿era eso verdad del todo? No le gustaba la carrera que había elegido y se le había echo muy cuesta arriba. Cuando Tristan insistió en que no podía esperar más para casarse, ella, encantada de la vida, dejó la universidad en el último año. No se dio cuenta del error que había cometido hasta que llegó a Charleston.

Tristan se movía en un círculo lleno de hermosas jóvenes que se habían presentado en sociedad y se habían licenciado a las que les gustaba hablar de sus universidades. Ella se había sentido como una necia por no haber acabado los estudios.

–¿En qué te matriculaste?

–En Gestión Hospitalaria –Zoe hizo una mueca de desagrado–. Fui a la universidad porque todo el mundo esperaba que lo hiciera.

A los dieciocho años, no había podido imaginarse el futuro sin dar ese paso. ¿No había podido o no había querido? Su familia había esperado que lo hiciera, pero ¿había pensado ella qué era lo que más le convenía?

—La verdad es que no sabía qué quería estudiar —añadió Zoe.

—Pensándolo ahora, ¿qué te habría gustado estudiar?

—Sociología o Psicopedagogía.

Pensó volver a estudiar, pero Tristan le dijo que no necesitaba un título para ser la señora Crosby.

—Me gustaría poder ayudar a la gente.

—Estoy seguro de que lo harías bien.

Ella quiso decirle que no la conocía lo bastante como para decir eso, pero la intensidad de su mirada hizo que se preguntara si no vería más de lo que ella creía. Eso la inquietó, pero también le halagó que hiciera un esfuerzo para ver por debajo de su superficie.

Estaba claro que Ryan Dailey era un hombre complicado que despertaba sentimientos complejos en ella, y eso hacía que fuese más peligroso de lo que ella podría ser capaz de lidiar.

—¿No podemos hablar de otra cosa? —preguntó ella—. No soy tan interesante…

—No te das el mérito que te mereces —bromeó Ryan a pesar del sentimiento sombrío que se adueñaba de él.

Su impresión inicial de que el exterior moderno de Zoe ocultaba un interior delicado estaba resultando ser cierto. Le intrigaba ese empeño de ella en que no tenía nada interesante, en vez de convencerle de que era normal y corriente, le producía curiosidad lo que ocultaba y por qué.

–Una última pregunta –siguió él a pesar del suspiro de cansancio de ella–. ¿Qué haces cuando no trabajas de voluntaria en la campaña de mi hermana?

–Trabajo en una tienda del centro de Charleston. Tesoros para una Segunda Ocasión.

Le sorprendió que contestara tan deprisa, que se pusiera muy recta y que levantara la barbilla. Toda ella resplandeció. Dejó de esquivarlo y lo miró a los ojos. Sus ojos marrón claro lo alcanzaron con fuerza. Se quedó en blanco unos segundos, hasta que se libró de su hechizo.

–¿Qué vendes?

–Estamos especializadas en obras de artesanía que han hecho mujeres maltratadas. Cada venta las ayuda a encontrar la independencia económica –contestó Zoe con orgullo.

–Parece más una misión que un empleo para ti.

–Está bien poder ayudar –murmuró ella encogiéndose de hombros.

Él estaba de acuerdo, pero tenía la sensación de que ella no aceptaría ninguna ayuda por su parte. Evidentemente, no confiaba en él, pero quizá sí aceptara ayuda de otros…

–Creo que a mi hermana podría interesarle ayudar en eso. ¿Le has hablado de la tienda?

–No. Está muy ocupada con la campaña y no quiero molestarla.

–No la molestarías –replicó él, que creía que su hermana podría tratar en su campaña el asunto de la violencia doméstica–. Creo que si organizáis un acto en tu tienda, sería buena propaganda para las dos. A lo mejor podrías comentárselo a la dueña…

–Sí, podría…

Ryan se quedó preguntándose si lo haría. Aun así, decidió que se lo comentaría a Susannah. Aunque no pudiera organizar un acto en la tienda, sabía que su gemela haría lo que pudiera para echar una mano.

–Pareces la persona idónea para estar en el equipo de Susannah –Ryan volvió a la engorrosa tarea de decidir si Zoe tenía alguna relación con la campaña de Abernathy–. Tienes la misma pasión por los cambios sociales que llevó a mi hermana a participar en política. ¿Has trabajado de voluntaria en otras campañas?

–No.

La lacónica respuesta de Zoe hizo que se arrepintiera de haber sido tan directo. Ya puesto, podría preguntarle si estaba espiando a favor de Abernathy…

–Entonces, ¿por qué lo haces ahora?

Ella se concentró en formar una línea con las habas del plato.

–Creo que me di cuenta de que nada cambiaría si la gente no se implicaba.

–¿La gente?

Ella esbozó una sonrisa fugaz con sus preciosos labios.

–Si yo no me implicaba.

–Creo que hay mucha gente que siente lo mismo –concedió Ryan–. Según Susannah, la lista de voluntarios se ha doblado desde que Abernathy anunció que también se presentaba.

–No me extraña, es un político espantoso.

–Parece que lo conoces bien.

–No –ella sacudió la cabeza–. Es lo que he oído.

Si bien la negativa no le sonó muy convincente, sí le pareció evidente que el rechazo era sincero. ¿No era demasiado evidente? Que expresara una opinión desfavorable contra Lyle Abernathy no significaba que no pudiera ser una espía. No iba a alabar sus virtudes, cuando era voluntaria en la campaña de Susannah…

Ryan deseó que su intuición no le dijera que su explicación para participar en la campaña de Susannah no era la historia completa. Librarla de toda sospecha le habría abierto la puerta para intentar conquistarla, pero que Gil y su hermana pudieran tener razón le corroía por dentro como un ácido. Había esperado quedarse tranquilo durante la cena, pero, en cambio, se le habían formado más preguntas e iba a tener que seguir investigándola.

–Gracias por la cena –dijo ella mientras salían del restaurante e iban hacia el aparcamiento.

–De nada. Es posible que la próxima vez me dejes elegir el sitio.

Zoe llegó a su coche y se dio la vuelta para mirarlo con el ceño un poco fruncido y todo el cuerpo en tensión.

–Mira, eres encantador, pero esto no saldría bien.

Ryan se puso en jarras y se preguntó si ella sería tan inmune a él como parecía.

–¿Por qué?

—Porque somos demasiado distintos —contestó ella sacudiendo una mano.

—Ser distintos es lo que hace que sea interesante —replicó él acercándose un paso a ella.

Ella abrió los ojos al tenerlo tan cerca.

—Ser distintos es lo que lleva a tener problemas. A ti te gusta el champán y a mí me gusta la cerveza.

—¿Te gusta la cerveza? —preguntó él sin disimular la sorpresa.

—No —reconoció ella—. Suelo beber vodka, pero ya sabes lo que quiero decir. Tú vives al sur de Broad y yo…

—¿Dónde vives?

—Estoy en casa de una amiga —contestó ella sin dar detalles—. Eso es lo que quiero decir. Tú eres rico y yo no puedo ni pagarme un alquiler. Nunca saldría bien.

—No estoy de acuerdo y, sinceramente, me ofende que me juzgues por mi situación económica.

—¿Te ofende? —repitió ella cruzándose de brazos y levantando la barbilla.

—Sí. Además, creo que estás mintiendo sobre el motivo para no volver a verme.

—No estoy mintiendo.

Él no hizo caso e insistió.

—Creo que estás tan orgullosa de tu independencia que no aceptas que nadie te ayude por muy apurada que sea tu situación —ella abrió los ojos y Ryan comprendió que había dado en el clavo—. ¿Qué temes?

—No temo nada, pero tienes razón sobre mi orgullo. Para mí es importante hacerlo por mis medios.

Esa rotundidad le disparó el deseo y tuvo que meterse las manos en los bolsillos para no abrazarla y besarla en la boca. Recelosa y segura a la vez, le costaría desenmarañarla, pero la pregunta seguía siendo si debería hacerlo o no.

—Una cita más. Cenaremos este fin de semana donde tú quieras.

—No vas a aceptar un «no» por respuesta, ¿verdad? —preguntó ella sacudiendo la cabeza.

—Me gustas mucho y creo que yo también te gusto —Ryan hizo una pausa para que ella pudiera negarlo, pero no lo hizo—. Muy bien. El sábado a las seis. Me pondré en contacto para concretar los detalles.

—Estás perdiendo el tiempo —aseguró ella sin convencimiento—. Buenas noches, Ryan Dailey.

—Que descanses, Zoe Alston.

Ella se sentó detrás del volante de su Subaru gris y él se dirigió hacia su coche. Seguía preocupándole que hubiese dado un apartado de correos como su domicilio y dijese que estaba viviendo con una amiga. ¿Por qué era tan ambigua sobre el sitio donde vivía? ¿Qué secreto quería mantener oculto? Estaba dispuesto a averiguarlo.

Dejó que saliera del aparcamiento y se puso discretamente detrás de ella. No creía que su hermana lo aprobara, pero él no podría descansar hasta que supiera que Zoe estaba diciéndole la verdad sobre dónde vivía. El camino desde el restaurante al centro de Charleston era muy directo. Mientras seguía a Zoe, se preguntó si había hecho algo así antes de los problemas que tuvo con Kelly Briggs. Nunca se había considerado ingenuo con las mujeres, pero después de haberse equivocado de esa manera con Kelly, su primer impulso era dar por supuesto lo peor. No estaba orgulloso de ese escepticismo reciente ni de cómo se debatía con su deseo innato de darle a la gente el beneficio de la duda. Ser receloso lo deshonraba.

Cuando la autopista 52 se convirtió en la calle King y Zoe siguió recta, él supuso que no iría a su casa sino a algún bar del centro. Ahí era donde podrían complicarse las cosas. Él tendría que seguirla para ver qué estaba tramando, pero ella no podía verlo.

Mientras pensaba cómo hacerlo, Zoe se metió por una calle lateral y aparcó detrás de un edificio con tiendas a pie de calle. Él siguió, pero aminoró la velocidad para leer el nombre que estaba escrito en el escaparate de la tienda a oscuras. Tesoros para una Segunda Ocasión. Era la tienda donde le había dicho Zoe que trabajaba. ¿Qué hacía ahí tan tarde?

Encontró un sitio para aparcar desde donde podía ver el aparcamiento y la gente que entraba y salía. Al cabo de una hora, todo se mantuvo como estaba y la curiosidad se convirtió en desesperación. No había ventanas en la parte trasera del edificio y no podía saber lo que estaba pasando dentro. Además, el coche de Zoe era el único que había en el aparcamiento. Tenía que dar por supuesto que estaba sola a no ser que alguien hubiese llegado andando antes que ella.

Impotente por la inactividad, volvió a ponerse en marcha y volvió a pasar por delante del escaparate. Tamborileó los dedos en el volante y se dirigió hacia la casa del siglo XIX que tenía al norte de la zona centro. Se la había comprado hacía un par de años y la había reformado.

Aparcó en el garaje, fue a la parte trasera y entró en la cocina blanca y ultramoderna. La única concesión a la época del edificio era una chimenea que había en una pared. La gente, cuando la visitaba por primera vez, se quedaba asombrada por el contraste entre el exterior antiguo y el interior moderno y minimalista. No le gustaba a todo el mundo, pero él no había llegado a donde estaba por dejarse influir por las opiniones de los demás.

Se sirvió una copa y se sentó en el sofá de la sala con el mando a distancia de la televisión en una mano y el bourbon en la otra. Fue repasando los noticiarios locales y se quedó en uno cuando vio unas fotos de Lyle Abernathy y su hermana.

¿Cuánto tardaría Abernathy en crear problemas? Sus votantes se habían cansado de sus andanzas e iba a tener que pasar por unas elecciones primarias en su distrito que perdería con casi toda certeza. Por eso se había cambiado al distrito de Susannah. Le chirriaban los dientes solo de pensar que llevaría sus malas artes consigo. Apagó la televisión justo cuando le sonó el móvil.

—No he encontrado gran cosa en mis primeras investigaciones sobre Zoe Alston —comentó Paul sin perder ni un segundo con preliminares.

—¿Qué significa eso? —preguntó Ryan.

Sintió tanto recelo como decepción. Él había esperado que Zoe fuese tan normal como decía ella.

—Que no tiene presencia en las redes sociales y no ha dejado un rastro por Internet.

–Entonces, ¿no existe? ¿Nos ha dado un nombre falso?

–No es falso. Se divorció hace poco y ha vuelto a utilizar el nombre de soltera –le explicó Paul.

–¿Cómo de poco?

–Un par de semanas. La tinta no se ha secado casi.

Una oleada de alivio lo sorprendió y se quedó ligeramente mareado. Su comportamiento esquivo tenía mucho más sentido, como lo tenía que hubiese sido tan reacia a salir con él. No era una espía sino alguien que había sufrido un desengaño amoroso. Naturalmente, no estaba preparada para sincerarse con un desconocido.

–¿Con quién estaba casada? –le preguntó Ryan.

–Con Tristan Crosby.

–Me suena…

El nombre le resultaba conocido, pero Ryan no sabía dónde lo había oído antes.

–Dirige Crosby Automotive. La familia también tiene Crosby Autosports, el equipo de carreras.

Una bombilla se encendió en la cabeza de Ryan.

–Harrison Crosby corre en ese equipo.

–Es su hermano menor.

Entonces, el pasado de Zoe era mucho más interesante de lo que ella decía. Además, las excusas de que eran de dos mundos opuestos eran mentira. ¿Por qué no se había limitado a explicarle que todavía no estaba preparada para salir con alguien? ¿Por qué se había inventado todo eso? Sintió que la desconfianza se reforzaba.

–¿Podrías investigar al dueño de una tienda? Se llama Tesoros para una Segunda Ocasión –Ryan le dio la dirección a Paul–. Investiga también al dueño del edificio…

–Supongo que tiene que ver con tu interés por Zoe Alston.

–Sí. No puedo explicar por qué, pero está metida en algo y voy a llegar al fondo del asunto.

–Veré qué puedo encontrar –Paul hizo una pausa–. Sabrás que no todas las mujeres tienen malas intenciones…

No todas las mujeres, pero él no pensaba bajar la guardia otra vez hasta que no estuviese seguro de que no iba a salir malparado. Si ser receloso mantenía a salvo a su empresa, a su familia y a sus amigos, eso sería lo que haría.

–Yo… siento algo por esta –la confesión la salió sin querer–. Solo quiero cerciorarme de que es… trigo limpio.

–Entiendo. Dame un par de días a ver qué puedo encontrar.

Ryan, dominado por la impaciencia, se levantó. No iba a esperar dos días y no había ningún motivo para que no pudiera investigar un poco por su cuenta. Tomó las llaves y fue hacia el coche. Demasiadas preguntas le daban vueltas en la cabeza. No podría descansar hasta que le echara en cara todo lo que no le había contado esa noche. Notó que mejoraba de humor mientras se sentaba detrás del volante y supo el motivo. Estaba ansioso por volver a verla. Soltó una maldición y se preguntó si su hermana no habría tenido razón al prevenirlo sobre Zoe Alston. Evidentemente, era un problema. Quizá no lo fuera para la campaña de Susannah, pero sí lo era para su tranquilidad de espíritu.

Capítulo Cuatro

Después de la cena con Ryan, a Zoe le costaba concentrarse en la hoja de cálculo que había creado para gestionar las entradas y salidas de dinero de la tienda. El robo de esa mañana había sido desastroso y significaba que tendría que decidir qué facturas pagaba y cuáles tendría que postergar. La prioridad eran los pagos a las mujeres que le proporcionaban los objetos de artesanía, contaban con ese dinero para alimentar y dar un techo a sus hijos.

Se frotó los ojos y tragó la bilis que le subió por la garganta. Le espantaba esa oleada de impotencia que se adueñaba de ella. ¿De dónde podría sacar más dinero? La respuesta evidente era la sugerencia de Ryan para que hablara con su hermana. Efectivamente, ese acto beneficiaría a Susannah y daría a conocer a Tesoros para una Segunda Ocasión, pero no sabía cómo vencer su reticencia a pedir ayuda. Había salido escaldada en el pasado, pero Susannah no se parecía nada a las mujeres de su antiguo círculo social. No se imaginaba a la hermana de Ryan sonriéndole a la cara mientras la apuñalaba por la espalda.

Cuando tomó la taza de té de menta, vio la mancha de maquillaje en la mano y fue al cuarto de baño para lavarse la cara. Se miró al espejo mientras se la secaba y decidió que sin maquillaje parecía más joven. Al menos, hasta que miró el reflejo de sus ojos y vio el peso de todas sus vivencias.

Llamaron a la puerta y se le paró el pulso. Miró el reloj y vio que eran casi las diez de la noche. ¿Quién pasaría por allí a esas horas?

Muchas de las mujeres que colaboraban con ella sabían su historia y que estaba viviendo en la trastienda para ahorrar dinero, aunque no le había resultado fácil contar sus problemas. Se había pasado casi toda su vida de casada actuando como si su vida fuese perfecta. Sin embargo, ser sincera con esas mujeres era importante para todas. El resultado era que estaba aprendiendo a ser valiente donde antes había tenido miedo, lo que ella había percibido como debilidad y fracaso no tenía por qué definirla.

Aligerando el paso, cruzó la habitación hasta la puerta y la abrió. La persona que vio no era quien había esperado ni mucho menos.

—¿Qué haces aquí? —preguntó Zoe con la esperanza de que no se le notara el pánico.

—Me pareció que teníamos que hablar.

Ryan la miró de arriba abajo y ella comprendió que el pijama de flores y las zapatillas rosas no entonaban con su imagen de chica dura.

—Y te has presentado aquí —la rabia le dio fuerza para mirarlo sin moverse cuando estaba deseando salir corriendo—. ¿Cómo has sabido dónde encontrarme?

—Te seguí.

—¿Me seguiste…?

Una ansiedad tremenda se adueñó de ella. Retrocedió un paso y fue a cerrar la puerta, pero se dio cuenta de que si él recelaba, como parecía, no confiaría nunca en ella si no le daba la oportunidad de soltar sus dudas. Sofocó la ansiedad, se apartó y lo dejó entrar.

Ryan entró en la trastienda y miró alrededor. Unas cajas llenaban casi una tercera parte de la amplia habitación. Una cortina separaba el resto del espacio de la sala para empleados el despacho de Zoe y su zona de vivienda. Cuando la tienda estaba abierta, la cortina estaba cerrada, pero la recogía cuando estaba sola. En ese momento, podía verse el camastro donde dormía.

—¿Duermes aquí? —le preguntó él con una mirada implacable.

Ella se sintió dominada por la vergüenza. Le encantaría vivir como una persona normal en una casa con una cocina y un cuarto de baño adecuados. Se cruzó de brazos en vez de contestar.

—Tengo que trabajar. Te agradecería que me dijeras deprisa lo que quieras decirme para que pueda volver a mis cosas.

—Muy bien —él frunció el ceño—. ¿Por qué no me dijiste quién eras?

—Te dije que soy…

—Zoe Alston, pero no me dijiste que habías sido Zoe Crosby.

Zoe se quedó helada y aterrada. La había investigado. Le dio vueltas en la cabeza, pero no consiguió encontrar un motivo para alterarse. ¿Sabía lo que habían tramado Everly, London y ella? ¿Había ido allí para amenazarla? Había mandado a Kelly Briggs a la cárcel sin pestañear. ¿Qué le haría a ella si se enteraba de que quería perjudicar a su hermana?

–Estuve casada –murmuró ella–, pero no salió bien. ¿Qué tiene de particular?

–Tiene de particular que estabas comportándote de una manera muy rara.

–No es verdad.

Al menos, había intentado comportarse de una manera normal, aunque ese hombre le ponía nerviosa con su penetrante mirada y su descarado atractivo sexual.

–Además, mentiste.

Mentiras por omisión e intencionadas. Aun así, no iba a disculparse ni a defenderse. Dejó que su rostro imperturbable hablara por ella, hasta que Ryan siguió hablando cuando el silencio fue alargándose.

–Le dijiste a Tonya que estabas viviendo con una amiga.

–Si tenemos en cuenta todo lo que me ha pasado durante el último año, me perdonarás si no tengo muchas ganas de airear mis miserias.

–¿De verdad crees que a alguien iba a importarle tu divorcio?

–Según mi experiencia, la gente juzga muy deprisa. Solo quería ayudar a alguien a quien admiro, pero tú has tenido que estropearlo.

Unas palabras descaradas. Quizá tuviera que ser consecuente y dejar la campaña para demostrarle hasta dónde llegaba su indignación. Sin embargo, ¿cómo iba a obstaculizar la campaña de Susannah si la dejaba? Naturalmente, siempre existía la posibilidad de que Lyle Abernathy consiguiera lo que ella no había conseguido y pudiera marcharse tan tranquila y sin haberse manchado las manos.

–¿Por eso me invitaste a cenar? –le preguntó ella desilusionada–. ¿Para interrogarme?

–No. Te invité porque me atraías.

Se preguntó si seguiría sintiendo lo mismo después de haberla visto sin maquillaje y sin la ropa de chica dura.

–No soy tu tipo –replicó ella volviendo al argumento que ya había empleado en el aparcamiento del restaurante.

–¿Cómo puedes estar tan segura? –le preguntó él entrecerrando los ojos.

–Es posible que no nos hayamos visto nunca en los actos sociales de Charleston, pero yo sí te he visto a ti por todos lados. Por no decir nada de las habladurías que circulan sobre las aventuras amorosas de uno de los solteros más codiciados de la ciudad –ella le sonrió con frialdad–. Si no recuerdo mal, te gustan las morenas esbeltas con ojos azules.

Zoe no sabía si eso era verdad, pero sintió un placer enorme cuando él arrugó la frente.

–No sé si eso es exacto del todo.

Aunque, evidentemente, era muy exacto. Zoe, para reforzar su argumento, se pasó los dedos por el pelo corto y de punta como si fuese un saludo para burlarse de él.

–Yo no soy ni morena ni esbelta, y tampoco tengo los ojos azules.

–No, parecen hojas en otoño.

Él, para desasosiego de ella, se acercó un paso, bajó las pestañas y la miró con la intensidad de un depredador. A ella se le alteró el pulso cuando le miró los labios y el aire se cargó de una energía erótica tal que se le endurecieron los pezones.

–No me interesa tener algo contigo.

Zoe levantó una mano como advertencia aunque sabía que no podía decir o hacer nada para evitar esa atracción sexual.

–Entonces, ¿por qué aceptaste salir a cenar conmigo?

–Mi presupuesto para salir a cenar es ínfimo.

–¿Por eso vives aquí?

Ryan señaló el camastro con la cabeza sin dejar de mirarla.

De repente, ella vio la imagen de los dos en esa cama tan estrecha, él besándola en la boca y acariciándola por debajo de la ropa hasta abrasarle la piel. Las palpitaciones en los oídos casi le impidieron oír la pregunta siguiente.

–¿No tienes dinero?

–Eso no es asunto tuyo –contestó ella molesta consigo misma por haberle dejado que indagara tanto–, pero entre mi divorcio largo y conflictivo y esta tienda que he montado, estoy sin blanca.

–Dijiste que trabajabas aquí, pero es tuya…

Ella asintió con la cabeza.

–Por eso hablaste con tanta pasión de la tienda durante la cena.

–Lo he metido todo aquí y estamos empezando a ver algún beneficio, pero no es suficiente todavía.

Él arqueó una ceja, pero sus ojos grises dejaron escapar un brillo de algo parecido al beneplácito.

–¿Cuánto tiempo llevas viviendo aquí?

–Unos seis meses. A medida que mi divorcio se alargaba, tuve que dejar mi piso para poder pagar al alquiler de la tienda.

Zoe no entendía por qué estaba contándole su

vida a Ryan, pero le aliviaba contarle sus problemas a alguien.

–¿Estás esperando una… indemnización?

–No. Lo que recibí no me sirvió casi ni para pagar a mi abogado.

–¿Porque firmaste un contrato prematrimonial?

–Por eso y porque, según el informe económico de Tristan, tiene todas sus propiedades hipotecadas. Aunque vive por todo lo alto. Es muy caro mantener sanos y contentos a sus caballos de polo –añadió ella en un tono amargo.

–Pero…

–Te lo aseguro –le interrumpió ella–, contraté al mejor abogado que podía pagar y lo escudriñamos todo.

Al menos, todo lo que sabían que podían escudriñar. A juzgar por los gastos de Tristan, tenía que tener dinero escondido en algún lado, pero resultó imposible saber dónde.

Volvió a acordarse del acto de «Las mujeres hermosas toman las riendas» y de la investigación que estaba llevando a cabo London. Tenía una esperanza mínima de que la organizadora de eventos pudiera encontrar algo que ella pudiera aprovechar para llevar a los tribunales a Tristan otra vez.

–Parece que tienes mucho dinero inmovilizado en existencias –comentó Ryan señalando las cajas.

–Funciono casi siempre con depósitos. Compro la obra de algunas de las artistas porque quiero tener la exclusiva, pero me llevo una comisión del quince por ciento de casi todo lo que vendo.

–¿No te convendría más ser la dueña de todas las mercancías? –le preguntó él.

–Seguramente –Zoe colocó bien un estante con ropa infantil hecha con algodón orgánico–, pero al principio no podía comprarlo y las mujeres ganan más si lo dejan en depósito. ¿Ya he contestado todas tus preguntas?

–Todas menos una.

–Suéltala.

–¿Has entrado en la campaña de Susannah enviada por alguien relacionado con la campaña de Lyle Abernathy?

–¿Qué? –la sorpresa y el alivio se adueñaron de ella–. No, claro que no. ¿Por qué iba a trabajar para Lyle Abernathy? –preguntó ella con sinceridad–. No lo conozco, ni a nadie relacionado con él.

Sin embargo, el rostro de Ryan reflejaba la duda más absoluta.

–Ya veo que no me crees y tengo que reconocer que no fui muy clara contigo sobre mi pasado, pero si soy culpable de esconder algo, es quién soy. Mi separación de Tristan supuso cortar por completo todos los vínculos sociales que tenía. Soy una paria para las mujeres que consideraba mis amigas. Ninguna de ellas me ha tendido una mano desde entonces.

La voz le tembló por el dolor, pero no intentó disimularlo. Los recelos de Ryan se mitigarían si parecía vulnerable. Sin embargo, le sorprendió que eso le importara. Aquellas mujeres no habían sido sus amigas de verdad y debería alegrarse de haberse librado de su malicia.

–Quería empezar de cero con personas que no me juzgaran por una idea preconcebida de quién soy. Me corté el pelo, me compré algo de ropa y entré en la campaña de tu hermana porque creo que será una senadora muy buena.

Ryan se quedó en silencio con una expresión indescifrable a pesar del discurso de Zoe.

—No voy a disculparme por haberte seguido hasta aquí y por haberte investigado. Esta candidatura al Senado es muy importante para mi hermana y no voy a permitir que nadie la obstaculice. El año pasado ocurrieron ciertas cosas que me hacen recelar de las personas…

—¿De las personas o de las mujeres? —le interrumpió ella.

Él apretó los dientes.

—Mira, salí escaldado porque no vi algunos indicios —reconoció él—, pero no va a pasar otra vez.

—Puedo decirte lo que tienes que hacer para no tener ningún problema conmigo —ella se puso una mano en la cadera y señaló la trastienda con la otra—. Lárgate de aquí y no vuelvas a incordiarme nunca más.

Ryan, después de marcharse, fue a su casa y pasó varias horas buscando en Internet cualquier cosa que pudiera encontrar sobre Zoe Crosby. Había menos de lo que había esperado, pero las fotos que encontró mostraban a una mujer esbelta, con el pelo largo y liso del color del caramelo y una sonrisa apacible. A pesar de su belleza, no se parecía nada a ese volcán en erupción con pijama de flores y zapatillas rosas.

Quería lanzarse de cabeza al peligro sin pensar en las consecuencias para seguir los sentimientos que lo atenazaban por dentro. No confiaba en ella. Estaba seguro de que lo que le había contado esa noche era verdad pero no era la historia completa.

La intuición le pedía a gritos que hiciera lo que le había propuesto, que no volviera a verla. Sin embargo, la sangre le bullía en las venas y le abrasaba todo el cuerpo. La había deseado desde que se vieron la primera vez. En ese momento, cuando tenía una idea más clara de quién era, las ganas de acariciarle la piel desnuda eran tan intensas que resultaban casi dolorosas.

Apretó los dientes e intentó que la cabeza controlara al cuerpo. Dejarse llevar por el deseo sería un disparate. Aunque no hubiera entrado en la campaña como una marioneta de Abernathy, era evidente que le habían quedado heridas abiertas de todo lo que le había pasado el año anterior, y, quizá, de todo su matrimonio.

Debería alejarse. Pero cuando pasó a su lado y olió su perfume hipnótico, parecía pedirle que se acercara y le explorara hasta el rincón más recóndito de su cuerpo.

–Tienes razón, lo mejor que puedo hacer es marcharme y no volver nunca más –había replicado él maldiciendo esas palpitaciones de avidez que hicieron que se inclinara hacia delante–, pero eso no impide que quiera hacer esto.

Le tomó la cara con una mano, le inclinó la cabeza mientras captaba un destello de curiosidad en sus ojos de color otoñal y le dio un beso en la frente. Ella se quedó inmóvil y él habría jurado que había dejado de respirar. A él se le entrecortó la respiración cuando ella le puso las manos en los hombros como si quisiera que se acercase más. Las ganas de besarla le aturdieron. ¿Qué tenía esa mujer que lo excitaba solo por tenerla entre los brazos?

Le besó las mejillas, la nariz y la mandíbula como si estuviera poniendo a prueba su fuerza de voluntad. Ella vibraba por la tensión. La estrechó con un brazo para sentir mejor sus curvas y, para su deleite, ella separó los labios para dejar escapar un gemido. Fue la señal que necesitaba. Inclinó la cabeza y la besó en la boca.

El tiempo se detuvo, o, quizá, el corazón se hubiese olvidado de que su función primordial era mantenerlo vivo. La cabeza empezó a darle vueltas y se dejó arrastrar por el roce húmedo de los labios. Le puso una mano en la espalda para estrecharla más contra sí y que notara la protuberancia granítica de la erección.

Ella separó los labios para suspirar y él aprovechó para introducir la lengua en la dulzura de su boca y deleitarse con todos los rincones y todos los sabores. Pretendía saborear cada segundo de ese beso lento y sexy, pretendía prestar atención a cada estremecimiento del cuerpo de ella y aprender lo que le gustaba.

Zoe introdujo los dedos entre su pelo y acompañó los movimientos de su lengua como una mujer a la que no habían besado desde hacía mucho tiempo, como una mujer que anhelaba ternura y amor.

Ryan le puso una mano en una cadera y se la bajó por el muslo para acariciarle el músculo y el vigor. Como era delgada, había creído que también era suave y delicada, pero se palpaba la fuerza por debajo de la superficie. El descubrimiento le excitó e hizo que se diera cuenta, una vez más, de que no sabía toda la historia.

Ella le rodeó el cuello con los brazos y se puso de puntillas. Eso hizo que aplastara los pechos contra su pecho y fue como el fogonazo de un rayo por dentro. Gimió y ella le mordió el labio inferior con un gruñido de impaciencia. No necesitó más estímulos y la idea de ir despacio se desvaneció. Evidentemente, ella sentía la misma presión apremiante. Le pasó los dedos entre el pelo corto, le tomó la cabeza entre las manos y profundizó más el beso. La avidez se adueñó de él a medida que el beso era más intenso. Ella balbució y dejó escapar un leve gemido. La abrazó con más fuerza... hasta que oyó a lo lejos el zumbido y la señal de un mensaje de texto. Dirigió toda su atención hacia el sonido y se dio cuenta de dónde estaba, del peligro que conllevaba dejarse llevar.

Apartó la boca, aunque le impresionó lo que le costó hacer algo tan sencillo. Mantuvo cerrados los ojos mientras oía su respiración entrecortada y se preguntó hasta qué punto habría sido un error besarla. La miró al cabo de un rato y se alegró al comprobar que tenía la respiración igual de entrecortada.

—No debiste haberlo hecho.

Ella, a pesar de lo que había dicho y del tono apesadumbrado, no hizo nada para soltarse de él. Él tenía su teoría sobre por qué era una mala idea tener una aventura con ella, pero sintió curiosidad por saber qué opinaba ella.

—¿Por qué?

Ella lo agarró de las manos con una fuerza sorprendente y se las quitó de encima.

—¿Te has olvidado de por qué has venido aquí?

—Para acusarte de haberme mentido.

Aunque seguía dominado por el deseo, se alegró de que las palabras de ella enfriaran las cosas.

—De formar parte del equipo de Lyle Abernathy.

—Entonces, nuestra relación ha empezado con mal pie… —bromeó él.

—¿Nuestra relación? —ella lo soltó y retrocedió hasta que estuvo fuera de se alcance—. No te precipites. Acabo de firmar el divorcio y no tengo ningunas ganas de que otro hombre entre en mi vida.

A pesar de lo que se había enterado de ella esa noche, seguía apeteciéndole mucho. Mientras se mantuviera centrado en la sintonía física que había entre ellos, podía ver las ventajas de una relación sexual. Esbozó media sonrisa.

—¿No has oído decir que un clavo saca otro clavo?

—¿Qué te hace pensar que no me lo he sacado ya? Llevo casi un año separada.

Ryan lo pensó un rato.

—No lo creo.

—¿Por qué? —preguntó ella con el ceño fruncido y un brillo de curiosidad en los ojos.

—Porque estás muy tensa y a la vez eres un barril de pólvora de deseo insatisfecho —Ryan alargó una mano para acariciarle la mejilla, y ella lo recibió con gusto—. Yo podría ayudarte con las dos cosas.

Sus ojos brillaron soñadoramente, pero Zoe habló en un tono algo frío.

—Entonces, ¿solo es una oferta de relaciones sexuales?

–No solo relaciones sexuales, de relaciones sexuales maravillosas. Déjame que sea el puente entre tu pasado y tu futuro.

–¿Aquí te pillo y aquí te mato? –murmuró ella con ironía.

–Aquí, donde quieras y cuando quieras.

Si le diera luz verde, se le llevaría al camastro y le enseñaría lo bueno que era. Ella lo miró un rato como si quisiera descifrar su expresión.

–¿Sigo pudiendo trabajar en la campaña de tu hermana?

El cambio de tema le pilló desprevenido.

–Eh...

–No te fías de mí –ella sacudió la cabeza–. No sé si estás intentando despistarme con sexo o si es que estás caliente y quieres acostarte con alguien –Zoe lo miró detenidamente unos segundos–. Aunque es posible que sean las dos cosas. ¿De verdad creías que ibas a deslumbrarme tanto que iba a dejar a un lado las cosas que son importantes para mí?

–Me ha pasado antes –contestó él cerciorándose de que no se traslucía la más mínima ironía.

–Lo creo.

Había que decir a su favor que no parecía indignada. Soltó el aire de los pulmones con una fuerza apreciable. Aquello parecía reforzar su ya sólida firmeza.

–Me parece fantástico hasta dónde estás dispuesto a llegar por tu hermana –siguió Zoe–, pero no sé si llegará a darse cuenta de lo que estás intentando hacer.

Zoe hizo que sonara como si estuviese haciendo un sacrificio monumental.

–¿Crees que solo vine porque estaba preocupado por Susannah? Me interesas. Me has interesado desde que nos chocamos, desde mucho antes que alguien recelara y se preguntara por qué te habías presentado voluntaria. ¿Me preocupa que me hayas ocultado la verdad? Sí. ¿Me fío de ti? No, pero eso no basta para alejarme de ti.

Zoe abrió los ojos como platos, pero Ryan no supo si era por lo que había reconocido o por haberlo hecho con esa intensidad. Vio una sombra de duda en su rostro y deseó con todas sus ganas volver a demostrarle la poderosa atracción que había entre ellos.

–Dime que no notas la tensión sexual entre nosotros –siguió Ryan–, que no estaríamos arrancándonos la ropa y rodando por el suelo si nos hubiésemos conocido en otras circunstancias.

–Mira…

–Sé sincera –le interrumpió él.

–De acuerdo –gruñó ella–. Hay cierta atracción.

Algo se le desató en el pecho cuando ella lo reconoció.

–Pero si fuese acostándome con todos los hombres guapos de Charleston, mi reputación sería peor de lo que ya es –añadió ella.

–¿Por qué te importa tu reputación?

–Porque es lo único que me ha quedado –contestó ella con una expresión de desolación.

–¿Puedes decir eso incluso después de lo que te hizo Tristan durante el divorcio?

Acababa de demostrarle todo lo que sabía sobre su vida privada, pero a ella no pareció sorprenderle.

–Ahora entiendo que sea tu hermana la que

entró en política y no tú –Zoe se dirigió hacia la puerta de daba al aparcamiento–. Gracias por la visita. Espero que pases una buena noche.

Abrió la puerta con una expresión no solo cortés, sino almibarada, y el aire fresco entró llevando consigo el sonido de las campanas de una iglesia.

Él se dirigió hacia ella. Evidentemente, Zoe esperaba que se comportara como un caballero y que se marchara sin rechistar, pero lo que se agitaba dentro de él cuando estaba cerca de ella no tenía nada que ver con los modales del sur. Cuando llegó a su altura, le tomó la muñeca con firmeza y delicadeza a la vez, le levantó la mano antes de que ella supiera lo que iba a hacer y le dio un beso abrasador en la palma.

–Ryan…

Él no supo si lo había murmurado como una protesta o como una rendición. Zoe le agarró la mano y dejó escapar un suspiro que quedó flotando en la oscuridad de la noche. Lo miró a los ojos y quedaron encapsulados en una burbuja donde no existía nadie más. Ryan no supo cuánto tiempo se quedaron así hasta que oyeron la alarma de un coche a unas manzanas de allí y volvieron a la realidad.

Le soltó la mano a regañadientes y ella se la llevó a la boca apartando la mirada de él.

–Buenas noches, preciosa.

Dicho lo cual, fue desapareciendo en la tranquila noche.

Capítulo Cinco

Everly Briggs sentía el constante martilleo de la rabia y la impotencia y le costaba salir a cenar con amigos o leer el último éxito de ventas. ¿Cómo iba a divertirse cuando su hermana estaba en la cárcel por algo de lo que no era culpable?

Cuando detuvieron a Kelly, ella había trabajado sin descanso para que no le pasara nada, pero al final, ni todo el dinero ni todo el tesón habían servido para evitar que Kelly fuese a la cárcel. Entonces, mientras se la llevaban para que cumpliera la sentencia de dos años, Everly entendió que si bien no había conseguido salvar a su hermana pequeña, toda la culpa de lo que había pasado recaía directamente sobre las espaldas de Ryan Dailey.

En aquel momento, mientras los sollozos de Kelly se oían en la sala del tribunal, ella decidió que haría lo que tuviese que hacer para que él recibiera su merecido. Ryan Dailey se había convertido en su obsesión durante los meses posteriores al juicio de su hermana. Había pasado cada segundo que le quedaba libre conspirando y planeando. Había investigado todos los aspectos de su vida, como su familia y amigos, y había pasado muchas horas siguiéndolo adonde fuera para aprender sus rutinas y encontrar la manera de hundirle la vida.

Una cosa le quedó clara casi al instante. Por mucho que la fastidiara reconocerlo, Ryan Dailey no le había dado mucho material que pudiera utilizar. Parecía imposible entrometerse en su vida y, además, su mejor amigo era un especialista en seguridad cibernética con amigos en la policía de Charleston. Ella no se atrevía a atacarlo directamente.

Durante los meses que pasaron desde que detuvieron a Kelly hasta que la sentenciaron, Ryan la había visto durante el juicio apoyando a su hermana. Cualquier cosa que intentara hacer para perjudicarle a él o a su hermana se volvería contra ella. Entonces se le ocurrió la idea de encontrar a otras mujeres que también pudieran querer vengarse.

Le había costado entregar a Zoe la misión de hundir a Ryan Dailey, pero había tenido que hacerlo. No la habría elegido porque era muy pasiva, pero, por otro lado, eso hacía que fuese fácil de manipular, lo que era una ventaja para sus ansias de venganza.

En ese momento, estaba dentro del coche, aparcada detrás de Tesoros para una Segunda Ocasión, desde donde podía ver la puerta por la que Ryan había entrado a la tienda. ¿Qué hacía visitando a Zoe a esas horas de la noche? Ya había recelado cuando habían salido a cenar, pero, a juzgar por la tensión de Zoe cuando se despidieron, no parecía interesada por él.

Esa noche, cuando se había presentado allí, había sido un hombre con una misión distinta. Su flirteo anterior había provocado rabia y ella se preguntaba qué había producido ese cambio. ¿Habría hecho algo Zoe que había tirado por tierra el plan? En ese caso, tendría que elaborar un plan alternativo.

Llevaba días estudiando las consecuencias de

que Lyle Abernathy se hubiese presentado como candidato al Senado. Era bien sabido que era rastrero, que no se pararía ante nada para tumbar a su oponente. Ella había mandado a Zoe para que sacara los trapos sucios que sumirían en el caos la campaña de Susannah Dailey-Kirby, pero si no podía hacerlo, seguía siendo posible que no la necesitara después de todo.

Estaba sonriendo por la variedad de posibilidades que se le presentaban cuando se abrió la puerta trasera de Tesoros para una Segunda Ocasión, vio la silueta de la pareja y la escena le pareció inquietante. Estaba a diez metros, pero podía notar la atracción que bullía entre los dos. La rabia la cegó unos segundos. No podía ser, no podía estar permitido que Ryan Dailey sedujera a Zoe.

Zoe se debía a London y a ella. Ella había arruinado la vida amorosa de Linc para vengar a London, quien estaba reuniendo información económica de Tristan para vengar a Zoe. Le tocaba a Zoe cumplir su parte del trato.

Ryan Dailey tenía que recibir su merecido como fuese, no podía conseguir algo que le diera placer bajo ninguna circunstancia, sobre todo, cuando Kelly estaba encerrada por su culpa.

Llamaron a la puerta trasera unos cinco minutos después de que Ryan se hubiese marchado y Zoe estuvo a punto de no abrir. Se sentía temblorosa y alterada por el beso de Ryan y los intensos sentimientos que había despertado en ella. La idea de que hubiese vuelto para seguir besándola devastadoramente la llenó de miedo y esperanza. La llamada fue más apremiante y fue a abrir con un suspiro de resignación. Se puso en jarras y abrió la puerta de par en par, pero, para su sorpresa, el visitante no era Ryan, era mucho peor.

—¿Te has vuelto loca? —le preguntó Zoe a Everly mientras la metía en la tienda y cerraba la puerta—. No puedes venir aquí, no podíamos volver a ponernos en contacto las unas con las otras. ¿No se trataba acaso de que fuésemos unas desconocidas que nadie podría relacionar entre sí?

—¿Qué hacía Ryan Dailey aquí? ¿Estás acostándote con él?

A juzgar por los ojos entrecerrados y el tono de reproche, estaba claro que Everly creía que estaba acostándose con él. Le enfureció que además creyera que tenía derecho a exigirle respuestas.

—¿Que si estoy acostándome con él? —eso era la gota que colmaba el vaso después de la noche que había tenido—. ¿Puede saberse de qué estás hablando?

—Estabais muy acaramelados hace un momento.

—¡Qué dices, Everly!

La rabia y el miedo se adueñaron de Zoe mientras miraba a la otra mujer. Se preguntó en qué lío se había metido, y no era la primera vez.

Cuando hablaron en el acto de «Las mujeres hermosas toman las riendas», supo que Everly estaba muy desquiciada por lo que le había pasado a su hermana, pero las tres habían estado desquiciadas por sus problemas. El prometido de London había roto el compromiso sin avisárselo siquiera, la hermana de Everly había ido a la cárcel hacía poco por haber destrozado planos de ingeniería que valían millones de dólares y ella estaba viviendo una pesadilla con el divorcio, pero le indignaba saber que Everly había estado siguiéndola.

–¿Estás espiándome? –Zoe se puso en jarras y la miró con rabia.

–No –contestó Everly–. He seguido a Ryan hasta aquí.

Zoe comprendió que a Everly le pasaba algo con Ryan y que no era solo lo que le había hecho a su hermana.

–¿Por qué lo has seguido? Él no es asunto tuyo, es asunto mío. Sinceramente, ¿qué te pasa? –Zoe resopló y siguió antes de que Everly pudiera contestar–. Acabo de empezar a trabajar en la campaña y tu presencia aquí podría estropearlo todo.

Zoe notó que Everly no estaba acostumbrada a que la riñeran y que no le gustaba nada. Pues lo sentía por ella. Lo que estaban haciendo era delicado y arriesgado. Habían elaborado un plan y las tres tenían que seguir lo dispuesto si querían que saliera bien, y eso implicaba que no tuviesen ningún contacto directo.

–Estoy aquí porque necesito saber qué está pasando –se justificó Everly.

–Es posible que eso sea lo que quieres, pero no lo necesitas –replicó Zoe, a quien se le acababa la paciencia con las excusas de Everly–. Lo que necesitas es que yo cumpla mi parte del trato como sea. Si tengo que unirme a la campaña de Susannah o entablar amistad con Ryan, lo haré –le costaba respirar a medida que le dominaba la rabia–. Te diré lo que yo necesito. Necesito que te largues y que no vuelvas jamás.

Everly no dejó de mirar a Zoe ni un instante, pero su expresión indicaba que no estaba atendiendo a la bronca de Zoe.

–¿Por qué te besó la mano?

–¿No has escuchado lo que acabo de decirte? Tienes que largarte de aquí ahora mismo.

Aunque creía que Everly se merecía una respuesta, Zoe no estaba dispuesta a explicarle lo que había pasado con Ryan cuando todavía no lo había entendido ni ella misma.

–¿Por qué tienes tanta prisa por librarte de mí? ¿Acaso va a volver?

–¿No has entendido nada de lo que te he dicho? –le preguntó Zoe con una rabia que le producía satisfacción.

–Lo que entiendo es que quieres que me marche –el brillo de los ojos de Everly convenció a Zoe de que estaba desequilibrada–, pero no voy a marcharme hasta que tus respuestas me hayan dejado satisfecha.

–No te debo ninguna explicación –replicó Zoe aunque supo que sus palabras habían caído en saco roto.

–Te equivocas. Te debes a London y a mí, estamos metidas las tres en esto.

–Mira, yo no me he inmiscuido en lo que tú le has hecho a Linc o en lo que London vaya a hacerle a Tristan –esto último todavía podía saltar por los aires y le aterraba demasiado a Zoe como para inmiscuirse–. Tienes que retirarte y dejarme que me ocupe de esto.

–¿Estás acostándote con él?

–No.

–¿Todavía no o no lo harás jamás?

–Escucha –Zoe estaba a punto de perder la paciencia–, estoy utilizándolo de todas las maneras que puedo, pero ahora tienes que marcharte.

Zoe fue hasta la puerta y la abrió. Everly no se movió y Zoe se preguntó si tendría que llegar a las manos. La idea le tentaba, pero ninguna de la dos podía permitirse llamar la atención de esa manera.

–Muy bien –gruñó Everly por fin–, pero estaré vigilándoos a los dos. Si creo por un segundo que está traicionándome, lo lamentarás.

Zoe sintió un escalofrío por la amenaza y comprendió que lo prudente sería andarse con cuidado. Tristan tenía un genio así, ardía a fuego lento y al rojo vivo y, como había comprobado ella, tenía efectos devastadores.

–No voy a traicionarte, pero tienes que alejarte de mí. Ryan te conoce y todo se irá al garete si nos ve juntas.

–No nos verá juntas.

–Eso no puedes saberlo. No se fía de mí –le explicó Zoe en un tono suave y sensato–. Por eso ha venido esta noche, para acusarme de mentirle y para averiguar si soy una espía al servicio de Lyle Abernathy. Es posible que me tenga vigilada. Al fin y al cabo, tú estás vigilándolo a él.

Zoe no creía que Ryan estuviese vigilándola, pero eso alimentaba la paranoia de Everly. El brillo vehemente de los ojos de Everly se apagó un poco.

–De acuerdo, entiendo lo que dices.

–Muy bien. Ahora vete a casa y duerme un poco –Everly, para alivio de Zoe, salió al aparcamiento–. Tengo esto controlado.

Everly no dijo nada y fue hasta el fondo del aparcamiento, donde había un Audi oscuro. Zoe suspiró y cerró la puerta con pestillo.

Ryan se mantuvo tres días alejado de Zoe, mientras asimilaba todo lo que había averiguado sobre su pasado. No pasó por la sede de la campaña cuando sabía que estaba ella y resistió la tentación de acercarse a Tesoros para una Segunda Ocasión para saludarla.

Sin embargo, no pudo evitar pensar en el beso que se habían dado y en que le gustaría saber algo sobre su infancia y sobre la música que le gustaba.

El día anterior le había mandado un mensaje para recordarle la cita del sábado por la noche. Ella había intentado convencerlo de que quedaran en el restaurante donde fueran a cenar, pero ya sabía dónde vivía y pensaba pasar a recogerla. Si le decía que iban a cenar en su casa, seguramente no iría, y haría bien… Pensaba engatusarla con vinos caros y una comida deliciosa para que le contara todos sus secretos.

Aparcó al lado de la tienda de Zoe y miró la hora. Había llegado pronto y un nerviosismo muy incómodo lo atenazó por dentro mientras se bajaba del coche para ir a recogerla. Jamás había reaccionado con nadie como con Zoe.

Sin embargo, sabía que esa inquietud se debía en parte a una decisión que había tomado hacía unas horas. No sabía si sería un disparate, pero estaba empezando a darse cuenta de que su comportamiento con Zoe desafiaba toda lógica.

Ella abrió la puerta vestida con desenfado, con un jersey gris y unos vaqueros ceñidos. Lo miró de arriba abajo; sus vaqueros y su camisa blanca eran igual de desenfadados. Zoe frunció el ceño.

–Estás muy guapa –comentó él.

Después de esos días separados, las ganas de besarla eran casi incontenibles.

–¿Adónde vamos?

–Es una sorpresa.

–No me gustan las sorpresas.

–¿Ni siquiera las buenas?

Ella no contestó y lo acompañó hasta su coche.

–¿Adónde vamos?

–A cenar.

–Sí, pero ¿dónde?

–A mi casa –él la miró mientras aparcaba junto a la acera–. Una amiga mía ha ideado un menú especial para nosotros.

–¿Esta casa es tuya? –Zoe miró la casa–. Es curioso, no me parecías decimonónico.

–El interior es más moderno.

De repente estuvo ansioso por enseñárselo, pero ella puso un gesto de preocupación.

–Espero que no sea demasiado moderno.

–Ya lo verás.

Tardaron como media hora en ver la casa y él prestó atención a las expresiones de ella, que no se perdió ni el más mínimo detalle. Zoe arqueó las cejas al ver el estilo minimalista, la iluminación moderna y los dormitorios enormes que había en el piso superior.

–Vamos fuera para que veas la piscina –le propuso él llevándola al porche trasero.

–Esta parte de atrás es preciosa. ¿Cuánto mide la parcela?

–Mil y pico metros cuadrados.

–Es grande para estar en el centro de Charleston.

–Ven por aquí, tengo que enseñarte otra cosa.

La llevó por el porche al primero de los apartamentos para invitados.

–Los propietarios anteriores hicieron dos apartamentos de un dormitorio para alquilarlos. Yo los uso cuando vienen amigos o familiares de fuera.

Abrió la puerta e hizo un gesto para que entrara.

–Es muy bonito –comentó Zoe mirando alrededor–. Me imagino que tus invitados agradecerán tener un espacio propio.

–Es para ti mientras lo necesites.

–¿Qué? –preguntó ella mirándolo boquiabierta.

–El apartamento está vacío casi todo el tiempo y me gustaría que te quedaras aquí hasta que te recuperes económicamente.

Ella hizo una serie de gestos mientras lo pensaba, pero era evidente que la idea le tentaba. Hasta que suspiró.

–No puedo.

–¿Por qué?

–No puedo pagar lo que cobres, sea lo que sea.

–No voy a cobrarte nada.

–Pero no me conoces. Además, te recuerdo que a principios de la semana me acusaste de estar trabajando para el enemigo.

–He hablado con Susannah y le he dicho que creo que se puede confiar en ti.

Se había reunido con Gil y su hermana a la mañana siguiente de la cena en Bertha's Kitchen y les había contado todo lo que había averiguado. Susannah se había quedado satisfecha, pero Gil no había estado dispuesto a ceder tan fácilmente. Varios encontronazos con Abernathy a lo largo de los años lo habían dejado muy receloso.

–¿Qué pasaría si me mudo y me encuentro tan cómoda que no quiero marcharme? –siguió Zoe sin saber qué argumentar.

–No creo que lo hicieras.

–No me conoces –repitió con menos vigor.

–Entonces, vamos a cenar para que te conozca.

Llegaron al comedor y se sentaron y Ryan no sabía si ella estaba tomándose en serio la oferta. En la mesa podían sentarse diez personas, pero él había preparado dos sitios en uno de los extremos para tener más intimidad. El ambiente era relajado con una tenue luz y velas encendidas.

–Es muy bonito –comentó ella con una expresión indescifrable mientras daba un sorbo de vino blanco y miraba alrededor.

–¿Te pongo nerviosa? –le preguntó él al notar que el ambiente no estaba teniendo el efecto deseado.

–Sí.

A él le habría encantado acribillarla a preguntas, pero no dijo nada y esperó que ella llenara ese silencio con explicaciones.

–Es un poco excesivo, ¿no?

–No entiendo lo que quieres decir.

–La oferta para que me mude a tu casa, la cena romántica… –Zoe se dejó caer sobre el respaldo y lo miró.

–Necesitas un sitio para vivir y yo lo tengo. Me gusta ayudar a los demás.

–Tu hermana lo dijo el otro día –Zoe ladeó la cabeza–. Dijo que el año pasado intentaste ayudar a alguien y supuso una serie de problemas para la empresa.

Ryan asintió con la cabeza y sintió una punzada en las entrañas.

–Kelly Briggs era una joven… trastornada.

–Y te costó millones.

–Sí.

–Aun así, quieres ayudarme cuando no me conoces –ella lo atravesó con la mirada–. ¿Qué pasaría si volviera a ocurrir lo mismo?

–¿Ocurrirá?

La prima de Paul, con el primer plato, los interrumpió antes de que ella pudiera contestar. Dallas Shaw era una cocinera privada que buscaba inversores para abrir su propio restaurante. La pelirroja sonrió mientras dejaba los platos y empezaba a presentarlos.

–De entrada os he traído tostada de salmón ahumado con rúcula y ensalada de pepinos.

–Tiene un aspecto buenísimo –murmuró Zoe antes de dar un mordisco y de poner los ojos en blanco por al placer.

Mientras la miraba saborear el entrante a pequeños mordiscos, Ryan se dio cuenta de que tenía muchas ganas de hacerla feliz.

–Antes dijiste que querías saber más cosas de mí –comentó Zoe en un tono sombrío que hizo que pareciera una sospechosa en un interrogatorio–. ¿Por dónde empiezo?

Zoe esperó hasta que Dallas cambió los entrantes por una ensalada de remolacha y pistachos.

–Tristan me acusó de infidelidad para pedir el divorcio.

–¿Engañaste a tu marido? –le preguntó Ryan sin salir de su asombro.

Ella hizo una mueca burlona.

–No, pero Tristan hizo que pareciera verdad. Pagó a alguien para que falsificara pruebas. Puedes conseguir que cualquier cosa parezca verdad si puedes pagarlo.

Ryan se dio cuenta de lo escéptica que era... y de lo maltrecha que estaba. Su ex la había dejado para el arrastre. Decidió que le preguntaría a Paul lo que sabía sobre Tristan Crosby.

–Pero la verdad salió victoriosa en tu caso –comentó Ryan.

Los ojos de Zoe reflejaron una tristeza muy profunda.

–Sí, pero esta ciudad vive de las apariencias y las dudas seguirán mucho después de que se sepa la verdadera historia.

Tenía razón y a Ryan le irritó que las habladurías se impusieran muchas veces a la verdad. Sus padres habían enseñado a los gemelos que la verdad los llevaría más lejos que tomar el camino más fácil o que los engaños. Sin embargo, como no todo el mundo tenía los mismos principios, hacer lo correcto no significaba siempre que uno fuese a ganar.

–Dentro de una semana habrá una cena de recaudación de fondos para la campaña de Susannah en la plantación Whitney –comentó Ryan–. He aceptado ir, pero no tengo acompañante...

–¿Necesitas una?

Ryan se preguntó si estaría haciéndose la tonta. ¿No se había dado cuenta de que lo había comentado porque quería que lo acompañara?

–Llevo mucho tiempo siendo el tercero en discordia entre mi hermana y su marido. Eres la pareja perfecta.

–Tiene que ser espantoso para ti ser un soltero de oro todo el tiempo.

–No te imaginas. ¿Serás mi acompañante esa noche?

Zoe se mordió el labio inferior mientras lo pensaba un poco.

–No he ido a ningún acto donde pudiera encontrarme con alguien… de mi vida anterior –murmuró ella antes de dar un sorbo de vino.

–Sería una ocasión fantástica para promocionar tu tienda –argumentó él con la esperanza de convencerla–. Además, yo te protegeré.

–Entonces, voy a tener que aceptar… –concedió ella con una leve sonrisa.

–Perfecto.

Durante el resto de la cena se limitaron a hablar de cosas inofensivas como las atracciones turísticas de Charleston o las playas que más les gustaban.

Estaba terminándose el postre cuando Zoe dejó escapar un suspiro muy sonoro. Ryan la miró sin saber por qué había suspirado de esa manera y, para su sorpresa, la vio con lágrimas en los ojos.

–Le verdad es que estoy muy cansada de dormir en la trastienda –reconoció ella con la voz temblorosa.

–Me lo imagino–. Vamos a terminar el vino e iremos a por tus cosas.

Ryan la miró mientras Zoe llevaba dos maletas hacia la puerta trasera de la tienda.

—¿Eso es todo? —preguntó él sin disimular la sorpresa.

Ella asintió con la cabeza.

—No me llevé gran cosa cuando Tristan me expulsó de nuestra casa de Daniel Island. Si no hubiese estado tan conmocionada, podría haberme llevado algo más que algunas cosas esenciales —Zoe puso una expresión de bochorno y arrepentimiento mientras hablaba—. Todo estaba a su nombre. Los coches, la casa, mi tarjeta de crédito… Dejé la casa como cuando llegué, sin nada mío, menos lo que él me había regalado —ella hizo una breve pausa—. Y hasta eso podría habérmelo quitado.

Seguía contándole cosas que le habían angustiado y eso hacía que Ryan sintiera la esperanza de que ella estuviese cada vez más cómoda con él. Al captar el dolor en su voz, entendió mejor que hubiese sido tan ambigua sobre su pasado.

Tardaron menos de diez minutos en acomodarla en la casa de invitados. Como notó que necesitaba tiempo para adaptarse a su situación nueva, la dejó y volvió a la casa principal.

Estaba subiendo las escaleras cuando se dio cuenta de que Paul lo había llamado mientras estaban en la tienda. Pulsó su número de teléfono.

—Hola —le saludó cuando su amigo contestó—. ¿Qué pasa?

Ryan se acercó a la ventana doble del dormitorio principal y miró el jardín, donde la piscina resplandecía con su brillo color turquesa.

–Perdona que no te haya llamado antes para decirte algo sobre la tienda que querías que investigara, pero unos de mis casos se ha complicado últimamente.

–No te preocupes –le tranquilizó Ryan, que suponía que ya sabía lo que había averiguado Paul–. ¿Has encontrado algo interesante?

–Zoe Alston es la propietaria de Tesoros para una Segunda Ocasión –Paul confirmó lo que ella ya había reconocido–. El edificio es propiedad de la inmobiliaria Dillworth.

–La inmobiliaria Dillworth… –ese nombre tenía algo que inquietaba a Ryan, pero no sabía qué–. ¿Por qué me suena ese nombre?

–Porque es de George Dillworth.

Ryan soltó una maldición.

–El amigo de toda la vida de Lyle Abernathy.

–Efectivamente –confirmó Paul–. También lo investigué un poco más. Ella lleva tres meses sin pagar el alquiler, pero, hasta el momento, no han hecho absolutamente nada para expulsarla.

Ella había comentado que tenía apuros económicos, pero tres meses sin pagar la renta era mucho tiempo.

–¿Cuánto debe? –preguntó Ryan.

–Quince mil dólares.

Él se frotó las sienes cuando notó un ligero dolor.

–Eso podría ser suficiente para que esté desesperada. No me extrañaría que Abernathy se hubiese aprovechado de la situación.

–Yo estaba pensando lo mismo.

Ninguno de los dos dijo nada y Ryan pudo pensar cómo lidiar con esa situación nueva.

–¿Qué vas a hacer? –le preguntó Paul al cabo de un rato.

–No puedo preguntárselo. No le haría gracia que siga investigándola.

–Entonces...

–Había decidido que la mejor manera de tenerla vigilada era que estuviese lo más cerca posible.

–¿Cómo de cerca? –preguntó Paul con una curiosidad burlona.

–La he traído a unos de mis apartamentos para invitados.

–Eso es muy cerca. ¿Estás seguro de que es una buena idea?

–Seguramente no, pero estaba durmiendo en la trastienda porque se había quedado sin dinero –también esperaba que esa cercanía convirtiera en llamas las chispas que saltaban entre ellos–. Además, si Abernathy está utilizando sus problemas económicos para presionarla y para sacarle trapos sucios a Susannah, es posible que yo pueda anular su influencia.

–¿Y cómo piensas hacerlo?

–Haciendo un pago anónimo a la inmobiliaria Dillworth por la tienda.

–Sabrás que todo son conjeturas y que podrías estar tirando dinero sin motivo –comentó Paul en un tono equilibrado que no daba ninguna pista sobre su opinión.

Ryan lo pensó, pero, fuera lo que fuese en lo que estaba metida Zoe, creía que su corazón era puro.

–Hago donaciones todo el rato –replicó Ryan–. Esto no es muy distinto.

Salvo que esa causa era muy personal para él.

–Además –siguió Ryan–, no sabemos si tiene la más mínima relación con Abernathy.

–¿Quieres que siga investigando?

–Gracias por la oferta, pero creo que ya le has dedicado demasiado tiempo a mi paranoia.

Ryan cortó la llamada y reflexionó. Aunque esa noticia volvía a azuzar los demonios de la desconfianza, aunque todavía tenía preguntas y aunque recelara mucho, eso no era suficiente para que dejara de desearla.

Una vocecilla en la cabeza le recordó que conocía a Zoe desde hacía poco más de una semana, pero una oleada de deseo la hizo callar. Notaba una conexión con ella como no la había notado con nadie. Sencillamente, no podía soltarla hasta que ella no se hubiese desenganchado de su organismo, fuera como fuese.

Capítulo Seis

Zoe llevaba una semana en el apartamento para invitados de Ryan. Las penurias del año anterior se disipaban un poco más cada mañana que se despertaba en esa cama enorme e iba a la cocina abierta al comedor y la sala de techos altísimos. Todo el tiempo que había pasado con su atractivo casero le había dado un empujón muy fuerte a su optimismo.

La noche siguiente a mudarse, él había aparecido en la puerta a las seis.

–¿Tienes hambre? –le había preguntado él.

Ella había salido y había llenado la nevera, pero no había decidido todavía qué iba a cenar.

–Bueno…

–Voy a hacer algo en la barbacoa –comentó él sin dejarse impresionar por la ambigüedad de ella–, y me espanta comer solo.

–A mí también.

Aunque se había acostumbrado al haber estado casada con Tristan. Solía trabajar hasta tarde, o, al menos, eso era lo que le decía las noches que llegaba tarde y oliendo a perfume y vino.

–Haré una ensalada e iré ahora mismo.

Aquella cena fue la primera de muchas. Ryan se pasaba todas las noches y la invitaba. Unas veces seguía vestido con el traje hecho a medida y

otras llevaba vaqueros y camiseta, pero ella aceptaba siempre porque le divertía mucho estar con él.
Con Ryan se reía y discutía y se sentía normal.

Él tenía todo lo que necesitaba ella para que
desapareciera el mundo, o, al menos, para que
se olvidara de él un rato. Su sonrisa le encendía
un resplandor en el pecho, ver su cuerpo mientras trabajaban codo con codo la dejaba mareada y
sin espiración y sus dedos la cautivaban cuando le
acariciaban la mejilla y la tomaban la mano. Además, cuando la besaba en los labios al despedirse,
se quedaba suspirando y con la sangre bullendo y
no podía imaginarse siendo más feliz.

Le cena de esa noche iba a ser distinta de las
últimas. En vez de hacer algo juntos en la enorme
cocina blanca de Ryan, iba a llevarla con Susannah
y Jefferson. No le gustaba, porque cuanto más los
conociera, más le costaría hacerles daño. Además,
estaba empezando a preguntarse si Susannah o su
campaña tenían algún trapo sucio. ¿Qué pasaría si
no podía encontrar nada? Eso no le haría ninguna
gracia a Everly y su comportamiento la noche que
Ryan fue a la tienda la convenció de que esa mujer
podía hacer alguna atrocidad.

Dejó a un lado el asunto de Everly y centró toda
su atención en otro problema. Tomó un sobre que
le había llegado por correo. Llevaba semanas esperando que la empresa propietaria del local de la
tienda le dijera que tenía que marcharse. Llevaba
tres meses sin pagar la renta y era cuestión de tiempo que la expulsaran. Suspiró con fuerza, abrió el
sobre y sacó la factura de la inmobiliaria Dillworth.
Extendió el papel y se preparó mientras miraba la

casilla con el total. La cifra era cero. ¿Cómo era posible? Debía quince mil dólares. Sacó el teléfono y llamó a Tom Gosset, el administrador.

—Tom, soy Zoe Alston —le saludó con la voz temblorosa por el nerviosismo—. Acabo de recibir la factura mensual y me parece que hay un error.

—¿Cuál?

—Dice que no os debo nada cuando sé que llevo tres meses sin pagar.

—Vaya —Tom se rio—, jamás me había llamado un inquilino para quejarse porque no nos debe nada.

Zoe se mordió el labio inferior porque la situación no le parecía nada graciosa.

—No sé qué pasa, pero sí sé que no les he mandado nada de dinero.

—Pues alguien lo hizo —Zoe oyó que él tecleaba algo en un ordenador—. Hace dos días nos llegó un pago.

—¿Estás seguro de que es para mi tienda?

—Tengo una copia del cheque en tu archivo. Dice Tesoros para una Segunda Ocasión. Es tu tienda, ¿no?

—Sí —Zoe empezaba a marearse. ¿Quién había podido hacer eso?—. No puedo creérmelo…

—Créetelo. ¿Quieres algo más?

—No, gracias.

Zoe cortó la llamada. No sabía si reírse o llorar. Por un lado, ese gesto increíble le quitaba un peso enorme de encima y hacía que sintiera que había alguien que se preocupaba por ella. Además, significaba que podía hacer borrón y cuenta nueva, que la tienda podía seguir abierta, que podía seguir con la misión de ayudar a las víctimas de la violencia doméstica. Por otro lado, le avergonzaba y le daba mucha rabia que tuvieran que... rescatarla.

También le preocupaba que el pago fuese de origen desconocido. ¿Quién sabía la cifra exacta de lo que debía? Se imaginó la respuesta un segundo después. Le había contado a Ryan que había dejado de pagar la renta, no para que la ayudara, sino porque ya se encontraba tan a gusto con él que había empezado a contarle algunos de sus miedos y de sus esperanzas.

¿Habría hecho Ryan ese pago anónimo? Él ya le había demostrado que estaba dispuesto a ayudarla al dejarle un sitio para que viviera sin pagar una renta, pero dejarle un sitio vacío no era lo mismo que soltar dinero del propio bolsillo. Además, ¿por qué no había sido directo y no le había ofrecido un préstamo? ¿Porque sabía que ella no lo aceptaría?

En cambio, había hecho algo precioso con toda discreción.

Ella, entretanto, estaba conspirando para hundir a su hermana. ¿Cómo podía aceptar su ayuda sin reparos cuando estaba haciendo todo lo que podía para perjudicarlo?

A medida que avanzaba la tarde, había cambiado de opinión una docena de veces sobre cómo plantearse el asunto. La indignación y el agradecimiento habían ido de la mano mientras recalculaba el presupuesto para encontrar la manera de ahorrar y devolverle el dinero.

Sin embargo, todo se esfumó cuando abrió la puerta de la calle y lo vio muy seguro de sí mismo con una chaqueta azul, unos pantalones grises y una camisa blanca. Parecía tranquilo y elegante, y muy contento de verla. A ella se le encogió el corazón y tuvo que contener unas lágrimas de impotencia.

—Maldita sea, Ryan —su quejó ella al querer sentir algo concreto.

Rabia. Felicidad. Odio. Amor. Deseo.

—¿Qué pasa? —él frunció el ceño—. Te escribí para decirte que iba a llegar tarde.

—Ese no es el problema —ella levantó la factura de le inmobiliaria—. El problema es este.

Él tomó el papel y lo ojeó.

—Parece que tu renta está saldada. Enhorabuena.

—Está saldada porque alguien la pagó. ¿Fuiste tú?

Él la miró unos segundos como si no fuese a contestarle sinceramente, hasta que debió de comprender que ella ya había decidido que había sido él y que no iba a dejar el asunto sin más.

—Sabía lo preocupada que estabas porque podías perder la tienda.

Aunque Zoe había esperado su confesión, se quedó atónita.

—Voy a devolverte hasta el último céntimo. Tardaré un poco, pero la tienda va mejor cada mes.

—No tienes que devolvérmelo. Considéralo una donación a tu causa.

Zoe cerró los puños. Le avergonzaba no ganar lo suficiente como para financiar su sueño. Cuando estaba casada, cada vez que Tristan le había dado dinero, ella había cedido independencia y había rebajado su autoestima.

—Tesoros para una Segunda Ocasión no es una organización benéfica —replicó ella con orgullo—, y yo tampoco lo soy.

–No lo he pensado en ningún momento –él le agarró la mano y se la apretó para tranquilizarla–. Solo quería ayudar a una amiga.

Zoe se resistió a esa serenidad que se adueñaba de ella cuando él estaba cerca, no podía consentir que él le aliviara las preocupaciones.

–¿Por qué lo hiciste anónimamente?

–Para que no te preocupara devolvérmelo.

–No puedo aceptar tu dinero –replicó ella.

Sin embargo, sabía que acabaría en la calle si él no la ayudaba, por mucho que quisiera hacerlo por sus propios medios.

–¿Vas a ser así de terca? Si alguno de tus amigos te hubiese dado el dinero sin esperanza de recuperarlo, ¿te pondrías así?

¿Qué amigos? Tuvo la pregunta sarcástica en la punta de la lengua, pero la contuvo.

–Por favor, tienes que entender que para mí es muy importante hacerlo por mis propios medios. Te agradezco la ayuda, pero habría preferido que me hubieses ofrecido un préstamo o, al menos, que me lo hubieses dicho.

–Es posible que haya sido un poco desconsiderado. Susannah suele decirme que no pienso en los demás cuando intento ayudarlos –Ryan la rodeó con los brazos–. ¿Qué puedo hacer para arreglarlo? Si quieres, llamo a la inmobiliaria y les pido que me devuelvan el dinero.

Zoe le clavó los nudillos en las costillas por el tono burlón.

–Hoy he estado repasando las cuentas y creo que podré devolvértelo durante los próximos seis meses.

Ryan se apartó, le tomó la cara entre las manos, bajó la cabeza y la besó con tanta fuerza que ella se quedó sin respiración y con la cabeza dándole vueltas. El deseo se apoderó de ella, aunque él se apartó antes de que las cosas se acaloraran demasiado. Una vez más, el dominio de sí mismo la puso nerviosa. ¿Acaso no quería acostarse con ella?

Cada momento que pasaba con él hacía que su libido se pusiese al rojo vivo. Anhelaba que la acariciara con sus manos y aprovechaba cada ocasión que tenía para rozar su cuerpo con el de él.

Intentó convencerse de que tenía que agradecerle ese dominio de sí mismo aunque a ella se le cayera la baba. Llegar a una intimidad mayor con Ryan solo complicaría más la batalla entre lo que quería hacer y lo que había prometido hacer.

Ryan, que desconocía esa batalla que libraba por dentro, la besó en la mejilla y le susurró al oído.

–Tómate un año si lo necesitas.

Él gruñó cuando ella volvió a clavarle los nudillos en las costillas.

–De acuerdo, de acuerdo. Seis meses están bien –él cambió a un tono burlón–. Además, creo que lo justo sería un diez por ciento de intereses –él le agarró la mano y le besó los nudillos–. Sabes que estoy bromeando sobre los intereses, ¿verdad?

Ella asintió con la cabeza y con un nudo de gratitud en la garganta.

–Llegaremos tardísimo si no nos damos prisa.

***

–Ya está bien de historias sobre mi juventud tirada por la borda –Ryan interrumpió a Susannah y Zoe, que estaban riéndose a su cuenta–. Háblale a Susannah de tu tienda y de las mujeres que ayudas.

Susannah lo miró y se puso más seria.

–Ryan me ha contado que tienes una tienda en el centro de Charleston que vende cosas que han hecho víctimas de la violencia doméstica para ayudarlas.

A Zoe le brillaron los ojos cuando se lanzó a contar la historia. Lo que él había esperado de esa noche era, precisamente, ver que la amistad entre su hermana y ella se afianzaba entre cócteles y pasteles de cangrejo. Susannah era una parte esencial de su vida y su visto bueno no era importante, era obligatorio.

Su punto de vista había ido cambiando a lo largo de la semana anterior, a medida que iba conociendo mejor a Zoe. Al mudarse a su apartamento para invitados, ya no pensaba en ella como si fuese alguien con quien acostarse y pasar página. Le gustaba tenerla cerca y cuanto más tiempo pasaban juntos, más se abría… y estaba descubriendo que tenía afinidades con él.

Sin embargo, seguía dudando, de vez en cuando, si era una espía de Lyle Abernathy, lo que demostraba que no confiaba plenamente en ella. Además, tampoco sabía qué tendría que hacer para que dejara de sospechar. Le desesperaba que no pudiera avanzar en su relación porque siempre quería preguntarle qué motivos tenía.

Cuando llegaron a la mesa, habían colocado a los hombres a un lado y a las mujeres a otro. Esa disposición complicaba que pudieran participar de la conversación de ellas. En ese momento, Zoe y Susannah estaban hablando de Tesoros para una Segunda Ocasión. Ryan miró a su cuñado y vio que estaba escribiendo un mensaje.

–Bueno, Jefferson, ¿qué tal todo?

Esa pregunta tan inocente hizo que su cuñado dejara el teléfono de golpe y boca abajo y se pusiera rojo como un tomate.

–Ya sabes, el trabajo bien y la familia también.

Ryan miró a Jefferson y se preguntó por qué estaría tan nervioso.

–¿Qué tal Susannah con la campaña? Me imagino que estarás más ocupado que nunca con las actividades de tus hijos.

–Desde luego –se oyó un zumbido al lado de su plato y Jefferson miró su teléfono–. Entre las lecciones de baile de Violet y los partidos de fútbol de Casey, no pasamos el día corriendo.

Se oyó otro zumbido y Jefferson apretó los dientes.

–Alguien está ansioso por ponerse en contacto contigo –comentó Ryan preguntándose por qué estaría tan alterado su cuñado–. Puedes contestar si quieres.

–Da igual.

Se oyó el zumbido por tercera vez y Jefferson empezó a sudar.

–Lo mejor será que salga un momento para ver qué pasa. Mi madre está intentando organizar la cena de Acción de Gracias con mi hermana y su familia y… –Jefferson no terminó la frase, agarró el teléfono y se levantó–. Ahora mismo vuelvo.

Ryan sintió cierta inquietud al verlo alejarse,

pero la conversación de las mujeres captó toda su atención.

–Hablaré con Gil para ver si podemos encajarlo en el calendario, pero creo que sería una idea muy buena –había dicho Susannah.

–¿Qué idea? –preguntó Ryan.

–Susannah va a ir a hablar a uno de los actos que hacemos los miércoles por la noche en la tienda.

–Lo ves –le dijo Ryan a Zoe–, sabía que mi hermana estaría dispuesta a ayudarte.

–Estamos ayudándonos la una a la otra –le corrigió su hermana sin dejar de mirar la silla vacía de Jefferson–. ¿Quiere alguien la última gamba? Si no, me la comeré yo.

Después de la cena, Susannah insistió en que tenían que darle el relevo a la canguro y cada pareja se marchó por su lado. Ryan se alegró porque quería pasar algún tiempo con Zoe.

–Ha sido más divertido de lo que me esperaba –comentó Zoe mientras iban a casa–. Tu hermana es muy distinta cuando no está de campaña.

–Sí. Susannah tiene dos personalidades, la pública y la privada, y eso se ha agudizado desde que decidió presentarse candidata. Esta noche has visto un poco de la… traviesa con la que me crie. Puede ser un torbellino en casa.

–Me ha encantado oír historias de cuando eras pequeño.

–Te aseguro que solo el diez por ciento de lo que te ha contado es verdad.

–¿Solo el diez por ciento? –preguntó Zoe con incredulidad–. Ya será el cincuenta o el sesenta por ciento.

–Te habrás fijado en que yo no he dicho nada –replicó él mientras aparcaba en el garaje–. Tengo historias de mi hermana que te harían cambiar la opinión que tienes de ella.

–Has estado muy contenido –reconoció ella.

–¿Quieres entrar un rato? –le preguntó Ryan pasándole un dedo por la rodilla–. Es muy pronto para dar por terminada la noche.

–Claro… –contestó ella con la voz temblorosa.

Recorrieron de la mano el porche lateral y no le dio tiempo casi de cerrar la puerta antes de arrinconarla contra una pared de la cocina.

–Ya no puedo esperar ni un segundo más –murmuró él con un brazo al lado de su cabeza–. Tengo que besarte.

–¿Solo besarme? –murmuró ella.

Se puso roja cuando él tardó en responder por la sorpresa.

–¿Quieres hacer… más? –preguntó él con la voz ronca por la avidez.

Ella lo agarró de la cintura y le subió las manos por la espalda.

–Llevo esperándolo desde hace días.

–¿Qué quieres hacer?

Zoe se puso de puntillas para hablarle al oído.

–Quiero estar desnuda contigo –susurró ella.

–No sabes cuánto me alegro de oírtelo decir…

Se quedó boquiabierta cuando la tomó en brazos y la llevó a la sala. La dejó en el sofá y se tumbó encima de ella. Zoe se estiró y dejó escapar un murmullo muy sexy. Ryan le tomó la cara entre las manos y le pasó el pulgar por el carnoso labio inferior. Quería que a ella le gustara lo que fuese a pasar, y eso significaba que tenía que ir despacio y que los dos acabaran ardiendo en llamas.

–Zoe… –susurró él con el corazón desbocado cuando ella le agarró de los hombros–. Voy a hacer que esto te encante…

Ella desvió la mirada, pero él ya había visto que tenía los ojos húmedos.

–Gracias.

Introdujo los dedos entre su pelo y bajó la cabeza para besarla. Quería empezar despacio para que la pasión fuese aumentando poco a poco, pero no pudo contenerse, entrelazó la lengua con la de ella, profundizó el beso y se deleitó con el ardor de su respuesta. En ese momento, supo nunca se cansaría de ella, del toma y daca entre los dos, de la pasión de ella, de su sabor, de cómo le clavaba los dedos en la espalda y le mordía al labio inferior…

Su vehemencia le sorprendió unos segundos. Siempre había algo discreto y reservado en su forma de hablar y de moverse, ¿quién se habría imaginado que ese desenfreno bullía por debajo de su mirada atenta y sus expresiones mesuradas?

–Dime lo que te gusta –susurró ella.

–Creo que te lo mostraré.

Capítulo Siete

Las palabras de Ryan le provocaron una oleada de felicidad. Llevaba días imaginándose ese momento, pero ninguno de sus sueños se había parecido siquiera a la emoción de sentir el granítico cuerpo de Ryan apretándola contra los almohadones. Esa noche se había puesto la lencería más sexy y un vestido cruzado que se deshacía con solo tirar de un cordón.

–Hueles de maravilla –murmuró él mientras le besaba el cuello–. Fue la segunda cosa que me llamó la atención de ti.

–¿Cuál fue la primera? –preguntó ella.

–Los ojos. Tienen el color más increíble que he visto en mi vida.

–Yo me fijé en que tienes unas manos fuertes y delicadas a la vez, y me pregunté qué sentiría si me acariciaban.

Zoe puso los pies en el sofá y se cambió de postura para que él quedara entre sus muslos. Quedó en una posición mucho mejor para que le aliviara el anhelo que le palpitaba entre las piernas. Arqueó un poco las caderas para frotar la parte más sensible de su cuerpo contra la protuberancia que le tensaba la cremallera. El soltó un gruñido ronco y le puso una mano debajo del trasero para estrecharla más contra él.

–Repítelo –le ordenó él con la yema de un dedo por debajo de las bragas de seda.

Esa vez giró un poco las caderas para que el dedo le frotara ese punto que tantas ganas tenía que le acariciara desde hacía tanto tiempo.

Introdujo los dedos entre su pelo y se imaginó todas las cosas obscenas que iba a hacerle. Las relaciones sexuales con Tristan no siempre habían tenido que ver con el amor o con la pasión. Algunas veces se había sentido como si no fuese nadie, sobre todo, cuando le daba la vuelta y la tomaba por detrás. Llegó virgen a la noche de bodas, no había tenido experiencias con chicos de su edad, y eso significaba que un hombre once años mayor que ella y con mucha más experiencia podía convencerla de que todo lo que le dijera era verdad.

Quería dar placer por primera vez en su vida y Ryan era el objetivo de esos impulsos incontenibles.

–Mira… –Ryan, naturalmente, había captado sus titubeos y le pasó un dedo por la mejilla–. No tenemos que hacerlo…

–Yo necesito hacerlo –replicó ella concentrándose en la protuberancia.

–¿Necesitas? –preguntó él con preocupación–. No necesitas hacer nada. Yo me ocuparé de ti…

Ryan le acarició las mejillas con las yemas de los dedos y ese gesto cariñoso hizo que a ella se le saltaran las lágrimas. Vaya, llorar a mares por la erección de un hombre no era precisamente sexy.

–Yo… quiero hacerlo –lo dijo con cierta vehemencia para parecer segura de sí misma, y era verdad–. Bésame.

Él sabía cómo tenía que besarla, con delicadeza y firmeza, con cariño y voracidad. Todos sus sentidos se despertaban entre sus brazos y ella disfrutaba cada segundo.

–Encantado.

La besó y ella correspondió con ganas. Ese hombre la excitaba y quería que lo supiera. Él dejó escapar un gruñido de placer sexy y profundo y le acarició el costado hasta tomarle un pecho con la mano. Ella gimió de felicidad.

–Eres preciosa –murmuró él mientras le mordía con suavidad el cuello–. No me canso de ti.

Zoe lo agarró del pelo y soltó un pequeño grito cuando le pasó el dedo por el pezón por encima de la tela. Vio que él esbozaba media sonrisa mientras bajaba la cabeza al pecho. El corazón le palpitaba con tanta fuerza en los oídos que casi no oyó el murmullo complacido de él cuando el pezón se endureció bajo su lengua.

Ella dejó escapar una maldición. La tela mitigaba la sensación de su boca en el pecho.

–Esto no va bien –se quejó ella mientras le tiraba del pelo.

Él levantó la cabeza con una sonrisa maliciosa.

–Nadie lo diría…

–Llevamos demasiada ropa.

–Eso sí.

Sin embargo, no parecía tener demasiada prisa en desvestirla. Ryan llevó la boca al otro pecho y Zoe dejó de pensar cuando una oleada de deseo se adueñó de ella. Él introdujo los dedos por el escote y le bajó el vestido y el sujetador para pasarle la lengua por el pezón.

–Sí… –murmuró ella conteniendo un grito y abrasándose por dentro–. Me encanta…

Lo sujetó contra ella mientras la complacía con los labios, la lengua y los dientes, mientras la voracidad era cada vez más apremiante. Estaba ardiendo en llamas y contonearse debajo de él en el sofá no estaba llevándola a ninguna parte.

–Llévame arriba.

Zoe arqueó las caderas contra su mano mientras él iba bajando hasta que tuvo los hombros entre sus piernas y le separó las rodillas.

–Estás muy húmeda…

Ella balbució algo incoherente cuando él le besó el clítoris y se quedó jadeante y temblorosa por el fogonazo deslumbrante.

– …y maravillosa –siguió él–. Me encanta como hueles y no podía esperar más para saber cómo sabías.

Sus palabras eran casi tan excitantes como su forma de agarrarle las bragas. Tiró de ellas y se las bajó por las caderas y las piernas. La tela húmeda de seda no había hecho gran cosa para cubrirle su rincón más íntimo.

Sin la barrera de la ropa interior, Ryan le pasó un dedo por la línea de vello que llevaba a su esencia. Ella vibraba con un anhelo incontenible. Cerró los ojos cuando le separó los pliegues con un dedo y se arqueó cuando lo introdujo entre la humedad ardiente.

–Por favor… Necesito más…

–¿Mi lengua?

Por fin estaba entendiéndole.

–Sí –contestó ella con alivio–. Necesito tu boca, ¡ya!

–Así.

Le pasó la lengua por el clítoris inflamado y le brotó un sonido agudo, casi estridente, por la intensidad del placer.

—¡Sí! ¡Más!

Él se rio y el sonido le reverberó por todo el cuerpo. Parecía tan complacido por su reacción que notó un repentino arrebato de alegría a pesar de la tensión que le atenazaba los músculos. Entonces, en ese instante, supo que iba a salir bien entre ellos, como ella no lo había experimentado jamás. Ryan se ocuparía de ella.

Se le encogió el corazón de agradecimiento, pero fue algo que no llegó a asimilar casi porque Ryan, un instante después, le separó más las piernas, introdujo la lengua en la incandescente abertura y ella solo pudo sentir que ardía al rojo vivo.

Se dejó arrastrar por él y por el deseo mientras contoneaba las caderas y gruñía su nombre. Ella también oyó su nombre a lo lejos, como un murmullo maravillosamente erótico que salía de los labios de Ryan.

Él hacía que se sintiera sexy. Para dejarse arrastrar tenía que confiar lo bastante en su pareja como para mostrarse vulnerable, y nunca había sabido qué esperar de su marido durante su matrimonio. Ryan era una historia completamente distinta y su cuerpo reaccionaba en consonancia. El placer la dominaba tan deprisa que no llegó a saber qué estaba pasándole hasta que notó que iba a explotar.

—Ryan… Ryan…

Entonces, un millón de lucecitas la deslumbraron mientras emitía unos sonidos incoherentes. Las oleadas de estremecimientos le derribaban las defensas y la dejaban temblorosa y desarbolada. Era perfecto, era excesivo. Le cayeron unas lágrimas por las mejillas y se tapó la cara con un brazo. Ningún hombre que le hubiese producido un orgasmo tan devastador a una mujer querría verla llorando después.

—Ha sido… increíble —reconoció ella con una voz temblorosa que delataba su emoción.

—Lo mismo digo —Ryan le besó todo el cuerpo hasta que llegó al cuello—. No había conocido a nadie que tuviera unos orgasmos así. Voy a llevarte arriba y a desnudarte. Luego, voy a repetirte lo mismo una y otra vez.

Zoe se quitó el brazo de la cara y miró a Ryan. Sus ojos grises tenían un brillo que hizo que a ella se le acelerara el pulso.

—¿Te parece bien? —preguntó él.

—Muy bien.

Las risas y los jadeos retumbaron por las paredes de las escaleras mientras subían apresuradamente al dormitorio principal. Ryan se frenó al verla desnuda y que lo llamaba con un dedo. Se quitó la camisa y la corbata, se quitó los calcetines y estuvo a punto de caerse por culpa de los pantalones. Tomó una bocanada de aire, dobló la esquina y entró en su dormitorio.

—Dijiste que me querías desnuda —le recordó ella agarrándose a la tela—. Pues aquí me tienes, a medias…

—Gracias, pero quiero verte entera.

La tomó de la mano y le dio la vuelta. Zoe era

delgada, pero musculosa y con curvas atléticas. Los pechos eran pequeños, pero con una redondez perfecta que hacía que ansiara tomarlos con la boca otra vez.

–Eres impresionante –aseguró él mientras la tomaba en brazos para llevarla a la cama.

–Y tú también –murmuró ella introduciendo los dedos entre su pelo.

Se tumbó a su lado, le tomó un pecho con la boca y le lamió el pezón hasta lo endureció. Sonrió cuando oyó el gemido ronco de Zoe y pasó a hacer lo mismo con el otro pecho mientras le acariciaba el rostro, el torso y los muslos para excitarla y llevarla hacia el mismo clímax explosivo de antes.

Le pasó los labios por el hombro y el pecho una última vez antes de agarrarla de la nuca y devorarle la boca mientras unos sonidos estimulantes le brotaban a ella de la garganta.

Separó las piernas y lo sujetó de las caderas para colocarlo entre los muslos. Él le pasó una mano por debajo de la rodilla y se la levantó para abrirla y para poner la erección sobre la hendidura húmeda y ardiente. El deseo se adueñó de él y empezó a frotarse contra ella, que se arqueó entre gemidos.

Se le llenó la cabeza de incoherencias mientras le recorría el cuello con la boca y los dientes. Esos delicados mordiscos hacían que ella contoneara las caderas y que su humedad le mojara los calzoncillos por fuera.

–Me prometí que iría despacio –gruñó él para avisarle a ella de que le quedaba poco dominio de sí mismo–, pero me muero de ganas de estar dentro de ti.

–Yo también lo necesito.

–Va a ser increíble, lo prometo.

Ella introdujo las dos manos por dentro del calzoncillo y le clavó las uñas en los glúteos justo cuando acometió contra ella, que arqueó las caderas y el choque fue más fuerte de lo que había pretendido. Para su sorpresa, ella respondió con la misma intensidad.

–Espera, necesito un preservativo –murmuró él.

–Date prisa.

Sacó un envoltorio de papel de aluminio del cajón de la mesilla, lo rasgó y se puso el preservativo con las manos temblorosas.

Ella no se había quedado de brazos cruzados, había quitado la colcha y la sábana superior para que nada interfiriera. En ese momento, cuando él estaba junto a la cama con la verga apuntándole directamente, se apoyó en los codos, le sonrió con satisfacción y separó las piernas para que él pudiera ver esa perfección rosada que lo esperaba entre los muslos.

Ryan resopló entrecortadamente y la frotó con la punta de la erección. Zoe dejó caer la cabeza hacia atrás con un gemido de avidez. Él sonrió, empujó un poco y se estremeció de placer cuando se abrió paso en esa humedad cálida.

–Así –gimió ella vibrándole todo el cuerpo mientras él entraba cada vez más.

Le clavó las uñas en la espalda cuando él salió y volvió a entrar.

–¿Así…? –preguntó él.

–Perfecto… –susurró Zoe cerrando los ojos.

–Esto solo es el principio. No te reprimas.

–No pienso.

Efectivamente, gritó con cada acometida, y se entregó a él. Era precioso ver que su desenfreno de antes se convertía en una exigencia implacable. Daba rienda suelta al deseo como si su vida dependiera de ello y reclamaba el placer sin reparos. Empujó con más fuerza. Ella gimió su nombre.

–Tengo que llegar al orgasmo contigo dentro –susurró ella con la voz ronca–. Llévame al orgasmo, Ryan.

Él quería lo mismo. Sin embargo, ya estaba más cerca del clímax de lo que le gustaría. Estar dentro de ella lo dejaba sin fuerza de voluntad. Estaba demasiado cerca del límite y necesitaba que ella lo acompañara.

Movió las caderas y entró en ella con otro ángulo. Zoe lo atenazó con fuerza y los sonidos que había estado haciendo pasaron a ser algo frenético y ávido. El muro de contención de su placer empezó a agrietarse y apretó los dientes al no saber cuánto tiempo más podría contenerse.

Le abrumaba la necesidad de conectar con ella. Abrió los ojos y la miró. El deseo lo abrasó por dentro al comprobar que estaba mirándolo. Sus miradas se clavaron la una en la otra y algo se le desgarró en el pecho al darse cuenta de que estaba exactamente donde quería estar. No solo estaba dentro de Zoe, también estaba con ella y veía cómo iba deshaciéndose en mil pedazos debajo de él.

Un sentimiento peligroso y como eléctrico le recorrió le espina dorsal y le atenazó las entrañas, hasta que solo sintió un calor abrasador, el corazón desbocado y un deseo infinito.

–Acompáñame… –le pidió él cuando todas las estrellas del firmamento se iluminaban en su cabeza–. Por favor, acompáñame…

Sin embargo, no había que pedírselo dos veces. Gimió su nombre, se le estremeció el torso y respiró con jadeos entrecortados. Llegaron juntos al límite y Ryan, durante lo que le parecieron minutos, vibró de placer mientras el orgasmo le arrasaba el organismo una y otra vez.

Le fallaron los músculos y tuvo que apoyarse en los codos para no aplastar a Zoe. ¿Podía saberse qué acababa de pasarle?

–Ha sido… increíble –comentó ella con la voz temblorosa–. Eres una maravilla.

¿Él era una maravilla? ¿Acaso no sabía ella lo que acababa de hacerle a él? Dio la vuelta hasta que la tuvo encima del pecho. Le tiró un poco del pelo para que lo mirara a los ojos. Fue un contacto breve e insatisfactorio.

–Tú sí que eres maravillosa.

Nada más decirlo, la descripción le pareció más que insatisfactoria después de lo que había pasado, y le sorprendió que ella hiciese una mueca de dolor por el halago.

–Yo nunca… –Zoe no terminó la frase–. Yo no sabía…

–¿Qué no sabías?

Ella trazó círculos con las puntas de los dedos en sus hombros sudorosos. Él la miró intentando interpretar su expresión y adivinar lo que estaba pensando. Sin embargo, no la conocía tanto como había creído porque no supo qué había dentro de su cabeza.

–Hasta ahora, solo había estado con un hombre.

Ese hombre era su marido. Ryan no dijo nada y desvió la mirada al techo para que ella pudiera ordenar lo que tenía en la cabeza y contarlo.

–Supongo que eso, hoy en día, parece un poco retrógrado –siguió ella en un tono apesadumbrado.

–No necesariamente –Ryan le pasó los dedos por la columna–. Eras muy joven cuando te casaste.

–No tanto. Tenía veinte años y muchas chicas tenían relaciones sexuales en el instituto.

–No todo el mundo está preparado para dar ese paso tan pronto.

–Yo no sé si lo estaba o no. Los chicos no se fijaban en mí, era callada y anodina.

–Eso sí que no me lo creo.

–Es verdad. Era bastante torpe socialmente, y todavía lo soy. Como esposa de Tristan, aprendí a manejarme en público, a decir lo que tenía que decir, a juntarme con los grupos adecuados y a elegir a las amigas adecuadas –la amargura le tiñó la voz–. Perdí la perspectiva de quién era.

–Creo que casi todo el mundo se pone una careta en público. Queremos encajar y gustar.

–Hasta que te conocí, no sabía lo agradable que es decir lo que pienso sin importarme las consecuencias.

Representar el papel de paladín de Zoe podría llevarlo por un camino peligroso. La última vez que intentó rescatar a una damisela en apuros le salió el tiro por la culata. Pero esa noche era el primer paso para recuperar la confianza en los demás y no podía aminorar el ritmo.

Capítulo Ocho

Zoe se sorprendió tarareando mientras trabajaba haciendo cuentas en el despacho que tenía en la trastienda de Tesoros para una Segunda Ocasión. Por primera vez desde que firmó el alquiler, vio luz al final del túnel y supo que iba a salir bien. Aunque también era posible que ese planteamiento optimista tuviera más que ver con Ryan.

Después de haber estado casada con Tristan ocho años, era lo bastante escéptica como para atribuir esa felicidad a las maravillosas relaciones sexuales que estaban teniendo Ryan y ella, pero, en el fondo, sabía que había algo más. Le gustaba pasar el rato y hablar con él, que, además, la escuchaba mientras hablaba sin parar sobre las esperanzas que tenía depositadas en la tienda y lo difícil que era ayudar a las víctimas de violencia doméstica. Él no rehuía su necesidad de desahogarse y ella lo valoraba tanto como sus besos memorables.

–El correo –Jessica dejó un montón de sobres en la mesa y la sacó del ensimismamiento–. ¿Te parece bien que salga a comer en diez minutos?

–Claro –Zoe se dio cuenta de que era casi mediodía, guardó la hoja del cálculo y cerró el ordenador–. Echaré una ojeada al correo y saldré al mostrador.

–No hace falta que corras. Ya ha pasado el jaleo de la mañana y Eva ha aprendido muy deprisa.

Una vez aliviados los aprietos económicos más apremiantes, Zoe había contratado a Eva para que sustituyera a Magnolia. Eva, como Jessica, tenía una hija en edad escolar, una niña con el mismo pelo rubio y los mismos ojos marrones que su madre. Tenía una vecina que podía ocuparse de la niña los sábados para que Eva hiciera unas horas extra en la tienda.

A raíz de robo, se había planteado qué debería hacer. Después de darle muchas vueltas, había decidido que no haría nada. Magnolia no le había parecido nunca una ladrona. Su situación tenía que haber sido muy desesperada para llevarse el dinero… y ella sabía muy bien lo que era eso.

Además, las ventas habían seguido aumentando durante las últimas semanas y la tienda estaba en una situación mucho mejor. Quizá pudiera contar con más gente… La ironía no le pasó desapercibida. Todo eso habría sido imposible sin el apoyo de Ryan y Susannah. Ella se había abierto camino en el círculo de la candidata para buscar trapos sucios, pero, a cambio, Susannah había aprovechado sus contactos para que otras mujeres de la alta sociedad con buenas intenciones se fijaran en Tesoros para una Segunda Ocasión. La publicidad de boca en boca había llevado más mujeres, pero lo que les abría los monederos era la calidad de las obras.

Parecía como si su situación económica y sentimental hubiese dado un giro positivo desde que entró en la sede de la campaña de Susannah y gracias a los hermanos Dailey. ¿Cómo estaba correspondiendo ella? Con traiciones y mentiras.

Cientos de veces al día buscaba la manera de

librarse de la promesa de perjudicar a Susannah, pero sabía que Everly no escucharía sus súplicas para abandonar el trato. Everly estaba dispuesta a llevarse su parte y esperaba que ella se la sirviera en bandeja de plata.

Corroída por el nerviosismo, echó una ojeada por encima al correo. Dejó la factura de teléfono en el montón de facturas a pagar y tomó el último sobre. Era grande y solo tenía su nombre y el de la tienda. Aunque pensó que podría ser un truco de alguna empresa para que le picara la curiosidad y lo abriera en vez de tirarlo a la papelera, lo rasgó y sacó el contenido.

Al principio, le costó entenderlo, hasta que el desasosiego fue adueñándose de ella. Eran páginas y páginas de documentos legales y extractos de cuentas de toda una serie de sociedades de responsabilidad limitada. En total, eran cinco sociedades propiedad de distintas entidades. No entendió el significado exacto de lo que estaba mirando hasta que vio el nombre de su exmarido entre los documentos de la última sociedad.

Sintió una descarga eléctrica. Contrastó los documentos con los extractos bancarios. Allí estaba el dinero que le había ocultado Tristan. Había creado una serie de empresas pantalla en el extranjero para esconder el dinero, pero había usado bancos con sede en Estados Unidos. ¿Cómo había conseguido salirse con la suya?

Esa pregunta habría que hacérsela a alguien entendido en la materia. No sabía si recurrir a su abogado del divorcio. No le convencía la idea de sentar a Tristan por segunda vez en el banquillo con Sherman Sutter al lado. El equipo de tiburones de Tristan le había ganado la partida de mala manera. Era casi injusto hacerle pasar por eso otra vez cuando, probablemente, sería una batalla más encarnizada todavía.

Oyó la campanilla de la puerta de la tienda y se acordó de que Eva estaba sola. Volvió a meter los papeles en el sobre y lo guardó en el cajón de la mesa. Salió a la tienda sintiéndose como si hubiese tenido una bomba de relojería en las manos.

Ni siquiera la afluencia de clientes hizo que se olvidara de las repercusiones que podían tener los papeles que había recibido. Una vez superada la impresión, cayó en la cuenta de que se los habría mandado London. No tenía ni idea de cómo había conseguido llevar a cabo esa proeza tan arriesgada, pero sí le hizo ver otra cruda realidad.

Everly y London habían cumplido su parte del trato. Le tocaba a ella encontrar o inventarse algo que perjudicara a la campaña de Susannah. Le espantaba la idea de hacerles algo a Ryan o a su hermana, pero no podía escurrir el bulto. Everly estaba demasiado empeñada en vengar a su hermana como para permitir que ella se lavara las manos.

Ryan se tumbó de espaldas con la respiración entrecortada. A su lado, en la alfombra de la sala, Zoe estaba igual. Jadeaban al unísono y él se dio cuenta de que estaba sonriendo. Una vez más, no habían sido capaces de llegar al dormitorio. Ni siquiera habían conseguido desvestirse del todo antes de que el deseo los dominara.

118

Desde que se enteró de que Zoe tomaba medidas anticonceptivas y decidieron que no necesitaban preservativos, cada una de las habitaciones de la primera planta había servido de escenario para sus… encuentros. Él no podía dejar de tenerla entre las manos y ella había resultado ser una pareja dispuesta y ávida.

–Maldita sea –murmuró él con satisfacción–. Otra vez…

–Es la tercera vez de esta semana –comentó Zoe con perplejidad–. Yo nunca había sido así.

Ryan giró la cabeza y le miró el perfil.

–¿Cómo?

–Excitada a todas horas –Zoe suspiró–. Es fastidioso. Me distrae y soy la mitad de productiva que antes.

–Me gusta esta nueva faceta tuya.

–¿Qué faceta nueva?

–Que seas mucho más… abierta conmigo.

–¿Por qué dices que soy más abierta?

–Cuando nos conocimos, eras un libro cerrado. Ahora, dices lo que piensas.

–Algunas veces es una falta de consideración.

–Es posible –reconoció Ryan–, pero es auténtico y puedo apañarme con lo auténtico.

–¿Qué quiere decir eso?

Zoe se sentó y empezó a ponerse la ropa otra vez, como si así indicara que la intimidad había terminado. Solía ponerse nerviosa después de haber hecho el amor, como si se arrepintiera de haberse dejado arrastrar. Esa actitud defensiva hacía que él se preguntara qué habría pasado durante su matrimonio. Hasta el momento, no había preguntado nada, pero la curiosidad estaba corroyéndolo. Ella no se lo había dicho, pero su actitud apasionada contra la violencia doméstica le hacía pensar que había sido una víctima.

—Supongo que te darás cuenta de que esto, para mí, ya es algo más que un revolcón esporádico —Ryan decidió poner las cartas encima de la mesa para mostrar buena voluntad—. Quiero que puedas confiar en mí.

—Lo hago.

Su respuesta inmediata no lo dejó satisfecho.

—Algunas veces, tengo la sensación de que, como mucho, te rasco un poco la superficie.

Ella se llevó las rodillas al pecho y lo miró.

—Me he pasado muchos años ocultando mis verdaderos sentimientos.

—No tienes por qué hacerlo conmigo.

—Me asusta abrirme —Zoe apoyó la barbilla en las rodillas y dejó de mirarlo—. Me siento vulnerable y en carne viva.

—¿Qué crees que puedo hacer o decir para hacerte daño?

—Nada —sin embargo, su gesto inexpresivo y su lenguaje corporal, cerrado en sí mismo, decía otra cosa—. No creo que seas el tipo de persona que me juzgaría o ridiculizaría.

Eso significaba que otros sí lo habían hecho.

—¿Lo hacía tu exmarido?

—No quiero hablar de mi matrimonio.

—Lo tomaré como un «sí».

—Eres una pesadilla —replicó ella con el ceño fruncido.

Él sonrió porque prefería que lo insultara a que le ocultara lo que sentía de verdad con frases más o menos rebuscadas.

–Sabes que acabaré sacándote la verdad, ¿por qué no me lo cuentas ya?

Zoe se levantó, fue a la mesa del comedor, donde habían dejado unos platos con raciones de tarta de chocolate, tomó uno, volvió y se dejó caer al lado de él.

–¿Por qué quieres que te hable de mi relación con Tristan?

–Porque quiero saber más de ti y creo que estás tragándote mucho dolor y angustia sobre tu matrimonio.

Ella dio un mordisco a la tarta y se tomó tiempo para saborearla.

–Era muy dominador y muy crítico sobre mi aspecto.

Le ofreció un trozo de tarta mientras hablaba.

–Eres una mujer increíblemente hermosa –replicó él sacando la lengua para quitarse unas migas de tarta de los labios–. ¿Qué criticaba?

–Quería que fuese de determinada manera. Quería que fuese delgada, pero que no tuviese marcados los músculos. Exigía que tuviese el pelo de cierto color y cierta longitud –le temblaron las manos cuando cortó otro trozo de tarta con el tenedor–. Aprendí enseguida a no dar mi opinión ni a proponer nada.

–¿Por qué te casaste con él?

–Era joven e ingenua y no sabía muy bien lo que quería hacer con mi vida. Mi madre estaba apasionada porque había captado la atención de un empresario adinerado y guapo y me presionaba para que fuese inteligente cada vez que me entraban las dudas.

Zoe se devoró el resto de tarta mientras hablaba, como si el dulce le aliviara el desasosiego.

—Entonces, tu aspecto…

Ryan le señaló el pelo corto, la camiseta estampada que dejaba ver los músculos de los brazos y las piernas, las botas por encima de la rodilla que había en el suelo…

—¿Es un rechazo absoluto a todo lo que te exigía tu ex o eres la auténtica tú?

—Es indudable que estoy rebelándome —Zoe sonrió fugazmente—. Cuando me corté el pelo, me sentí fuerte y revolucionaria.

—¿Ahora?

—Soy un obra en construcción —ella se encogió de hombros mirándolo a los ojos—. ¿Te importa?

—¿Por qué iba a importarme? —él no pensaba juzgarla—. Me gusta creer que todos estamos evolucionando.

—¿Hasta tú?

Él le había pedido que hablara de sí misma y era justo que también le contara algo de sus batallas internas.

—Me costó confiar en las personas que no conocía bien después de lo que me pasó con Kelly Briggs.

—¿Como yo?

—Sí.

Ryan se preguntó si debería contarle sus recelos. Si no decía nada y luego se sabía la verdad, eso podría dañar su relación precisamente cuando su intimidad estaba intensificándose.

—Cuando te presentaste de voluntaria a la campaña de Susannah, todos creímos que trabajabas para Abernathy.

–¿Ya no lo crees?

Ryan esperó un poco para contestar.

–Saldé la deuda que tenías con tu casero porque es un amigo de Abernathy y me preguntaba si estarían aprovechándose de tus apuros económicos para que nos espiaras.

Zoe abrió los ojos como platos.

–Eso fue hace poco más de una semana. ¿Creías que podía estar trabajando para Abernathy cuando...? –ella sacudió la cabeza–. ¿Y ahora?

–Ahora...

–Espera –le interrumpió ella–. Entendería que no confiaras en mí todavía. No he sido un libro abierto precisamente. Además, tendrías motivos de sobra para recelar después de lo que le pasó a tu empresa.

Ryan le quitó el plato vacío, lo dejó a un lado, le rodeó la nuca con una mano y la besó.

–Pero yo no quiero recelar. Creo que lo que está pasando entre nosotros es fantástico y no quiero que nuestros pasados estropeen lo que está pasando ahora o lo que pueda pasar en el futuro.

Terminó de hablar y se dio cuenta de que Zoe se había quedado rígida y tenía el ceño fruncido.

Justo cuando él estaba preguntándose si debería echarse atrás en lo que acababa de decir, Zoe le puso una mano en una rodilla.

–Eso es exactamente lo mismo que siento yo.

Zoe lo besó con ganas y volvió a despertar esa química explosiva que había entre ellos, pero a él le quedó flotando un recelo vago por lo que había dicho ella. Sin embargo, la pasión incontenible se adueñó de ellos antes de que él pudiera seguir con las preguntas que lo abrumaban por dentro.

***

El sábado de la recaudación de fondos para Susannah, Zoe se miró en el espejo y ese nerviosismo que ya conocía muy bien le formó un nudo en las entrañas. Mientras se aplicaba el maquillaje oscuro y se ponía el vestido sin tirantes azul marino con lentejuelas doradas, se había imaginado la censura sin paliativos de sus antiguos conocidos al ver su pelo corto y rubio y el vestido.

Quizá la capacidad de adaptación que había conseguido a raíz de su divorcio fuese más débil de lo que había esperado.

¿Habría sido un error aceptar asistir a un acto donde corría el riesgo de encontrarse con personas de su pasado? Al menos, no tendría que encontrárselos sola.

Llamaron a la puerta de la calle y dio un respingo. Abrió la puerta de par en par y miró al hombre que tenía delante.

–¡Caray! –exclamó ella apoyándose en la puerta mientras lo miraba–. Estás fantástico.

Él sonrió con cierta indolencia y ella sintió una oleada de calidez por dentro.

–Tú estás maravillosa. A ver… –él le tomó una mano y le dio una vuelta–. Impresionante.

El brillo de sus ojos grises le desató el nudo de las entrañas.

–Esta noche voy a ser el hombre más afortunado contigo de acompañante.

–Y yo voy a ser la mujer más afortunada –murmuró ella.

Se quedaron sonriéndose el uno al otro hasta que Ryan le tomó la mano.

–Vamos. Cuanto antes vayamos, antes podré traerte de vuelta y sacarte de ese vestido.

–Y yo que creía que te gustaba… –bromeó Zoe mientras salían y cerraba la puerta.

–Me encanta –él le rodeó la cintura con un brazo y le habló al oído–. Es que tu piel me gusta mucho más.

Se le puso la carne de gallina. Ryan tenía el don de excitarla con una mirada o un halago. Notaba la palpitación entre los muslos solo de pensar en sus manos recorriéndole el cuerpo, quitándole el vestido, desnudándola para poder mirarla y acariciarla. El deseo fue adueñándose de ella y bulléndole en la sangre.

El desaliento le estropeó el estado de ánimo y la sonrisa se le esfumó a medida que se acercaban al coche. Él notó el cambio repentino y la tomó entre los brazos antes de abrir la puerta.

–¿Qué pasa? –le preguntó.

–Nada.

La mentira le brotó de los labios con facilidad, como la sonrisa tranquilizadora. Se había pasado casi toda su vida de mujer casada fingiendo ser alguien que no era. Últimamente, se habían sentido lo bastante segura como para mostrar sus sentimientos.

–¿Te preocupa que puedas encontrarte a tu ex?

–No solo a él. Todo el mundo que conocía estará allí esta noche, y todos me juzgarán.

Quizá no fuese verdad del todo, pero sí justificaba ese repentino arrebato de melancolía.

–No puedes permitir que sus opiniones te importen –le recordó él–. No pueden hacerte nada si tú no les dejas.

–Tienes razón –Zoe suspiró–. Es que me cuesta dejar de preocuparme por sus críticas.

No le había reconocido eso a nadie y esperaba que él no desdeñara sus preocupaciones. Él, sin embargo, había captado que estaba decidida a afrontar los retos que había eludido antes.

–Lo conseguirás –Ryan la besó en la frente–. Entretanto, puedes contar conmigo para que sea tu perro guardián. Le enseñaré los dientes a cualquiera que te incordie.

Ella sonrió, como él había esperado que hiciera, y sonreírle le había liberado de parte de la tensión. Le tomó la cara entre las manos y lo besó.

–Gracias –dijo ella al notar que el corazón le daba un vuelco.

–Lo digo en serio.

–Ya lo sé –Zoe lo soltó y retrocedió un paso–. Y eres un paladín maravilloso.

Él la llevó del brazo a la fiesta. La inquietud aumentó con cada paso que daban en la casa antigua con vistas al río Ashley.

–¡Zoe Crosby! –una morena muy guapa se cruzó en su camino–. Me ha costado reconocerte. Te has cortado todo el pelo… –antes de que Zoe pudiera recordarle su nombre de soltera a Polly Matson, los ojos azules de esa mujer se desviaron en dirección a Ryan y se quedaron allí–. El divorcio te sienta bien –Polly tendió una mano con las uñas pintadas de rosa–. Eres el hermano de Susannah, ¿verdad? Yo soy Polly Matson.

–Ryan Dailey…

Él le estrechó la mano y le sonrió con cortesía.

–El hermano de Susannah. Estarás muy orgulloso de ella…

–Claro –Ryan asintió con la cabeza–. Si nos perdonas, queríamos encontrarla.

–No quiero distraeros –replicó Polly mientras Ryan se llevaba a Zoe.

Zoe no tuvo que mirar atrás para saber que Polly había ido directa a hablar con Callie Hill y Azalea Stocks, y las tres no habían apreciado gran cosa a Zoe antes de que se divorciara. Con toda certeza, se habían frotado las manos cuando empezó a divulgarse el rumor de su infidelidad. A la flor y nata de Charleston le encantaban los escándalos y, naturalmente, todos se habían puesto de parte de Tristan. Al fin y al cabo, había sido un marido modélico. Además a nadie le importaban esos fastidiosos rumores sobre la supuesta infidelidad de él. Aunque a ella la habían rechazado por ese mismo motivo…

–Entiendo que no es amiga tuya –comentó Ryan.

–La verdad es que no tenía amigas –eso le sonó bastante melodramático y lo corrigió enseguida–. Al menos, amigas de verdad, de esas a las que puedes contarle tus secretos más íntimos y tus miedos más profundos.

–¿Tienes muchos secretos y miedos?

–¿No los tiene todo el mundo?

Ryan la miró un rato con los ojos entrecerrados. Zoe sabía que no le gustaba que esquivara sus intentos para conocerla mejor, pero se había pasado tanto tiempo ocultando sus verdaderos sentimientos que esconderse detrás de comentarios ingeniosos o fanfarronadas le salía de forma natural. Dejó escapar un suspiro.

–Lo siento –siguió ella–, pero hacía mucho que no me sentía tan desprotegida.

–Lo entiendo.

Ella sabía que era verdad. Le había demostrado que captaba los matices mejor que ningún otro hombre que hubiese conocido. ¿Sería porque tenía una hermana gemela? Fuera por lo que fuese, sabía escuchar.

–¿Vamos a buscar a Susannah? –le propuso ella tomándolo del brazo.

Los músculos pétreos que palpó por debajo del esmoquin le recordaron que él había prometido ser su paladín esa noche y se relajó un poco. Desgraciadamente, la tranquilidad le duró muy poco porque vio a su exmarido en el extremo opuesto de la habitación.

Tristan estaba enfrascado en una conversación con una morena muy esbelta. La mujer le sonaba de algo. Entonces, la mujer la miró por encima del hombro y Zoe se dio cuenta de que era Everly disfrazada.

La angustia la atenazó. ¿Qué estaba pasando? El pánico la dominó cuando se dio cuenta de lo cómodos que estaban el uno con el otro. Everly jamás había dado a entender que conociera a Tristan. Maldita fuese esa mujer por haberse pasado de la raya otra vez.

No podía dejar de mirar a la pareja y cuando vio que se separaban, se disculpó con Ryan y fue detrás de Everly. Si la otra mujer no se atenía al acuerdo inicial de no obstaculizarse, eso le daba argumentos a ella para desvincularse del trato. Además, todavía no había hecho nada con los documentos que le había dado London sobre los asuntos económicos de Tristan. Si no denunciaba las cuentas en paraísos fiscales de su exmarido, podría decirse que no se había vengado de él. Vio un rayo de esperanza, quizá existiese la posibilidad de que Ryan y ella estuvieran juntos. Sin embargo, antes quería saber cuatro cosas.

Alcanzó a Everly cerca del bar, la apartó de los invitados y la llevó a un rincón en un extremo de la fiesta. Una vez solas, dio rienda suelta a la rabia.

–¿Puede saberse qué haces aquí? ¿De qué estabas hablando con Tristan?

–Solo estaba saludándolo.

–No te creo.

–Muy bien –Everly se puso seria–. He venido para recordarte que tienes un objetivo.

–¿Qué quieres decir?

–Quiero decir que, para empezar, te has olvidado de por qué tenías que llegar a conocer a Ryan. London, tú y yo tenemos un trato. Nosotras cumplimos nuestra parte y ahora te toca a ti.

–No necesito que me atosigues todo el rato. Además, ahora te encuentro hablando con Tristan y eso es ir demasiado lejos –Zoe agarró el bolso de mano con fuerza para que no se le notara que le temblaban las manos–. Es más, todo esto está alterándome –de repente, Zoe vio una luz al final del túnel, una salida a todo ese embrollo–. Me retiro.

Esa sensación de vértigo por el alivio le duró unos escasos segundos.

–¿Cómo dices? –le preguntó Everly con los labios apretados y una voz casi inaudible–. No puedes abandonar sin más.

–Puedo hacerlo y voy a hacerlo – Zoe notó que se le encogían las entrañas cuando vio la furia en los ojos verdes de Everly–. Te diré cuál es el problema: no me fío de ti.

Cuando terminó la cena de la recaudación de fondos, Ryan no vio más motivos para quedarse allí. Mientras tres amigas de su hermana hablaban con Zoe para interesarse por la tienda, él fue a buscar a Susannah para despedirse de ella. La vio charlando animadamente con uno de los principales donantes y decidió no interrumpirla. Iba a darse la vuelta para regresar con Zoe cuando un hombre se dirigió a él desde detrás de su espalda.

–Deberías tener cuidado con Zoe.

Se dio la vuelta y se encontró con Tristan Crosby.

–Creo que eso no es asunto suyo.

–Solo va a causarte problemas –siguió Crosby sin inmutarse, como si Ryan no hubiese hablado.

–Me parece que usted es el único que está buscando problemas –replicó Ryan en un tono gélido y tajante–. ¿Por qué no se ocupa de sus propios asuntos y deja que Zoe siga con su vida?

–Mi exesposa cuenta muchos cuentos lacrimógenos –siguió Tristan sin alterarse por la advertencia de Ryan–. Harías bien en no creerte todo lo que te cuenta.

Ryan había prometido defender a Zoe aunque acabara lamentando haberse enzarzado con ese hombre.

–No tengo ningún motivo para dudar de lo que me cuenta.

Sin embargo, eso fue exactamente lo que hizo en un momento dado. Naturalmente, hasta que empezaron a dormir juntos. Esa química explosiva que sentía con Zoe se había llevado por delante la desconfianza inicial.

El exmarido de Zoe, como si hubiese leído los pensamientos de Ryan, esbozó una sonrisa despiadada.

–Sabe guardar muy bien los secretos, pero creo que muy pronto lo comprobarás por ti mismo.

Ryan se limitó a no replicar y Tristan se despidió con un gesto burlón antes de alejarse. El encuentro había sido breve y desagradable, y le había dejado un regusto desasosegante. Crosby no se había quedado satisfecho con todo el daño que le había hecho a Zoe durante el proceso de divorcio y estaba dispuesto a seguir adelante con ese resentimiento.

–¿Por qué estabas hablando con Tristan? –le preguntó Zoe con una expresión de terror que sorprendió a Ryan.

–Ha intentado sembrar cizaña entre nosotros.

–¿Qué ha dicho?

Ryan maldijo esa desconfianza que Tristan había despertado dentro de él. Gracias a las maravillosas relaciones sexuales que tenía con Zoe, había dejado de recelar de ella.

–Me ha avisado con vaguedades de que me causarás problemas –contestó Ryan intentando restarle importancia. Sin embargo, vio la expresión de espanto de ella y tuvo que seguir–. Le paré los pies y le dije que se esfumara y te dejara en paz.

–Gracias por defenderme –Zoe le agarró con fuerza una mano–. No estoy acostumbrada...

Ryan sintió remordimientos por haber dudado de ella. Se acordó de repente de lo que le había pasado con Kelly Briggs. Cuando se enteró de que su exnovio le había impedido entrar en el piso donde habían vivido y no quería devolverle sus cosas, él le habían encontrado otro sitio para que viviera y había convencido al exnovio para que le devolviera sus cosas y algunas cosas valiosas que había comprado Kelly mientras vivían juntos.

Si bien él jamás se había pasado de la raya con Kelly porque era su empleada y no le atraía lo más mínimo, no había tenido en cuenta lo vulnerable que era sentimentalmente. Para su espanto, ella había interpretado mal su gesto y se había inventado la fantasía de que él sentía algo más que amistad por ella. Cuando le dejó las cosas claras, ella se sintió rechazada y se vengó borrando algunos planos de ingeniería muy importantes para su empresa.

Él reconocía que había cometido un error descomunal con Kelly Briggs. ¿Lo habría repetido con Zoe? Sus actos podrían volverse contra él.

Le decisión de invitarla a uno de sus apartamentos no había sido prudente ni mucho menos, pero el deseo y la avidez habían sido más fuertes que el recelo o la curiosidad. Podría haber sofocado las ganas de acostarse con ella si la química entre ellos no hubiese sido tan explosiva.

La velocidad a la que había transcurrido todo, sumada a la advertencia de Crosby, hizo que se diera cuenta de lo deprisa que lo había cautivado Zoe.

¿Debería echar el freno? La situación económica de ella no era muy boyante. ¿La fortuna de él lo hacía más atractivo para ella? Zoe no le había pedido ayuda, pero sí le había dejado claro que su situación era angustiosa.

Él creía que había despejado las dudas sobre la participación de Zoe en la campaña de Susannah. Las amenazas ambiguas de Crosby le recordaban que ella era una desconocida en muchos sentidos. Si su incipiente relación se acababa, ¿reaccionaría ella como había hecho Kelly? ¿Qué repercusiones podía esperar?

Ella le apretó la mano con fuerza.

—¿Qué estás pensando? —le preguntó Zoe con un gesto de preocupación.

Ryan se preguntó si su expresión habría delatado el desasosiego que sentía por dentro.

—Vámonos —Ryan dejó a un lado lo que tenía de auténtico o de falso esa relación—. Creo que ya he apoyado bastante a mi hermana.

—Muy bien —la sonrisa de ella habría parecido muy natural si le hubiese llegado a los ojos—. Estoy deseando estar contigo.

La reacción de ella era perfecta. ¿Demasiado perfecta? Ryan, molesto, la llevó hacia la salida.

—¿Quieres tomar algo en algún sitio o prefieres ir directamente a casa?

—Vamos a tu casa —contestó ella apoyándose en él—. Quiero estar desnuda contigo.

Esas palabras susurradas hicieron que el deseo se adueñara de él, pero no pudo evitar preguntarse si lo había dicho porque creía que eso era lo que quería oír o porque era verdad que quería acostarse con él. Sería fácil creerse lo que le había dicho, y podía considerarse afortunado por estar con una mujer tan apasionada como ella.

–Como sigas hablando así, me pondrán una multa por exceso de velocidad –bromeó él olvidándose de sus dudas durante el resto de la noche.

Everly estaba en el coche, delante de la sede de la campaña de Susannah Dailey-Kirby repasaba la conversación más reciente con Devon Connor y se preguntaba cuánto duraría su empresa si perdía a sus clientes más importantes. El magnate de los complejos turísticos con campos de golf no estaba nada contento con las ideas de ella para promocionar su última adquisición y le había dado una semana para que elaborara un concepto nuevo. Por eso debería estar en su oficina contrastando ideas con su equipo y no mirando cómo iban saliendo, uno a uno, todos los voluntarios hasta que solo quedara la subdirectora de la campaña.

Resopló con desesperación. Estar allí sentada cuando no pasaba nada era una pérdida absoluta de tiempo, pero como Zoe había decidido incumplir su parte del trato, no lo quedaba otro remedio.

Cuando decidió que la vigilancia de esa noche no servía para nada, fue poner el coche en marcha, pero entonces vio que un hombre se acercaba a Joyce. La oscuridad le impidió verle la cara, pero dio por supuesto que era Gil Moore, el director de campaña.

Cuando el hombre estuvo al lado de Patty Joyce, ella se dio cuenta de que se había equivocado.

Se frotó las manos de placer, levantó el teléfono y enfocó con el zoom a Jefferson Kirby mientras tomaba entre los brazos y besaba a la subdirectora de la campaña de su esposa. En cuestión de segundos, había tomado docenas de imágenes del apasionado abrazo de la pareja. Mientras esperaba a que se marcharan, repasó las imágenes, a juzgar por el lenguaje corporal, no era la primera vez que pasaba.

Un momento después, las luces se apagaron y ella siguió con la vista a los dos mientras se dirigían hacia el coche de Patty Joyce. Puso el coche en marcha y siguió a la pareja.

El destino resultó ser un motel que estaba a unos diez minutos de la sede de la campaña y que permitía entrar en las habitaciones desde el aparcamiento. Así tenían menos posibilidades de que los viera alguien, pero no habían contado con ella.

Gracias a lo ocupados que estaban el uno con el otro, la pareja no se dio cuenta de que había aparcado lo bastante cerca como para grabar la escena de ellos besándose hasta que llegaron a la puerta de la habitación del motel. No duró más de medio minuto, pero grabó hasta el último segundo.

Había esperado encontrar trapos sucios de Susannah Dailey-Kirby, pero ella, como su hermano, estaban limpios como una patena. Jamás había esperado encontrarse con algo como la infidelidad de Jefferson Kirby, pero ya que se lo había encontrado, solo le quedaba decidir cuál era la mejor manera de sacar partido a lo que había descubierto.

Capítulo Nueve

Zoe había ido a la cafetería que había en su calle para comprar algo de comida para Eva y Jessica cuando el pitido del teléfono le indicó que había recibido un correo electrónico. Había colgado algunas fotos de los objetos nuevos que había en la tienda. Se había triplicado el número de seguidores de Tesoros para una Segunda Ocasión desde que Susannah expresó su apoyo a la tienda. Estaba agradecida y era una lección de humildad. De no haber sido por Ryan y su hermana, habría tenido que cerrar la tienda. Tenía una deuda con ellos.

Con tantas cosas que salían bien, debería estar flotando en una nube, pero no podía dejar de mirar por encima del hombro para ver si Everly aparecía en el momento menos esperado. No le tranquilizaba que la otra mujer no se hubiese puesto en contacto con ella. Everly no iba a dejar de querer vengarse de Ryan porque ella hubiese decidido salirse del complot y le preocupaba que, además, ella también se hubiese convertido en un objetivo de su rencor.

Miró el correo electrónico que le había entrado en el buzón y no reconoció la dirección, pero le llamó la atención lo que estaba escrito como asunto. Leyó varias veces la única palabra mientras el corazón se le aceleraba como una locomotora.

Pillado.

¿Qué significaba? La dominó el miedo, pero la única manera de saberlo con certeza era abrir el correo. Había un mensaje*: Mira esto.* Había un vídeo debajo. ¿Qué estaría tramando Everly? Se preparó, descargó el archivo y vio con espanto que Jefferson Kirby entraba en un motel con Patty Joyce, la subdirectora de la campaña de su esposa.

Ese era el tipo de trapo sucio que podía hundir una campaña. Peor aún, podía destrozar dos matrimonios y arruinar las vidas de las dos familias. Si eso se difundía, el dolor de personas inocentes podría durar años, décadas quizá.

Ella se había presentado voluntaria con la esperanza de encontrar algo así de escandaloso, pero la intromisión de esa mujer estaba fuera de control.

Zoe pensó en las consecuencias devastadoras si se divulgaba. Era posible que la campaña de Susannah sobreviviera al golpe, pero ¿qué pasaría con los hijos de la pareja? Ellos no se merecían el daño.

El dedo de Zoe se quedó encima del botón para borrarlo. Ella no le habría deseado una situación así ni a su peor enemigo, y menos a alguien a quien admiraba. Sin embargo, aunque le gustaría presionar el botón y fingir que no había visto ese vídeo, eso no evitaría que Everly lo utilizara contra Susannah. Solo tenía que filtrar la grabación a la prensa o a Lyle Abernathy. Él aprovecharía la ocasión y clavaría el puñal en el corazón de Susannah todo lo profundamente que pudiera. Le daría igual que la aventura de su marido no tuviera nada que ver con los programas o con la capacidad de Susannah para representar a los ciudadanos de su distrito.

Al contrario, haría todo lo que pudiera para que nadie se fijara en que ella era mejor candidata.

Se sintió dominada por un arrebato de impotencia y también sintió un arrepentimiento devastador. No debería haber colaborado con Everly y London. Esa confabulación disparatada había llegado mucho más lejos que lo que había podido imaginar y, además, no le había proporcionado la satisfacción o la tranquilidad de espíritu que había previsto. Al contrario, las oleadas de remordimiento la había trastornado, le habían alterado el sueño y le habían quitado el apetito.

Quince minutos después, Zoe salía de la cafetería con el almuerzo y volvía a la tienda. Estaba distraída dándole vueltas a la cabeza y no se fijó en un hombre alto hasta que este le habló.

—¿Zoe Alston…?

Ella levantó la cabeza y vio a un hombre calvo con un traje que le quedaba muy mal.

—¿Qué desea?

—Esto es para usted —contestó él entregándole un sobre.

Zoe lo tomó mecánicamente y el hombre se alejó sin decir nada más. Atenazada por el miedo, entró en la tienda y dejó los almuerzos en el mostrador.

—Bianca trajo esto hace un rato. Son preciosas, ¿verdad? —Jessica le señaló un montón de acuarelas que estaba dando de alta en el ordenador, hasta que se fijó en su cara—. ¿Pasa algo?

—No lo sé. Un hombre acaba de darme este sobre —Zoe lo levantó y se dio cuenta de que no tenía nada que lo identificara—. No me gusta…

–No lo sabrás hasta que no lo abras –replicó Jessica.

Asintió con la cabeza, rasgó el sobre y sacó una carta. El nerviosismo fue convirtiéndose en angustia a medida que iba leyendo la carta del abogado.

–Al parecer, han venido el edificio y tenemos treinta días para marcharnos.

–Es espantoso. ¿Quién haría algo así?

Zoe volvió a leer la carta y prestó más atención a los detalles. Esa vez, el nombre del nuevo propietario le sonó de algo. *TA Charleston Holdings, LLC.* ¿TA correspondería a Tristan Anthony? Zoe sacó del bolso los documentos de las sociedades pantalla de Tristan. Había dedicado varias horas a estudiar esos papeles para intentar acabar de entender lo que había estado haciendo él. También sacó la hoja con las notas que había tomado ella. Allí, a mitad de la lista de nombres, estaba el que figuraba en la carta.

Tristan había comprado el edificio donde estaba su tienda solo para expulsarla de allí. Se apoyó en el mostrador para sujetarse cuando cayó en la cuenta de lo que significaba eso.

–Maldito sea.

–Zoe, ¿qué te pasa?

–Es mi ex –Zoe agitó la carta–. Él está detrás de todo esto.

Jessica sabía todo sobre el atroz divorcio y rodeó el mostrador para abrazarla.

–Saldremos de esta, no pasará nada.

Aunque Zoe asintió con la cabeza, ya había empezado a embalar los objetos en la cabeza. No tenía ni el dinero ni las fuerzas para empezar otra vez.

–Tengo que aclararme las ideas –Zoe sonrió con poco convencimiento–. ¿Podéis apañaros Eva y tú un rato?

–Claro –contestó Jessica–, no te preocupes.

Zoe se dirigió hacia la trastienda y se montó en el coche sin saber adónde ir.

Cuando llego a Crosby Automotive, aparcó y entró en el vestíbulo. Se dirigió hacia unos pasillos que conocía muy bien. Tristan tenía un despacho enorme que hacía esquina y con ventanales desde el suelo hasta el techo que daban a un paisaje de prados y árboles. Fue acercándose a la mesa de la secretaria y vio que la puerta del despacho estaba cerrada. Normalmente, eso quería decir que tenía una reunión. Por un instante, se desinfló. ¿Qué estaba haciendo? Todo lo que dijera o hiciera durante los minutos siguientes acabaría volviéndose contra ella. Tristan era un maestro tergiversando las cosas. Nunca tenía la culpa, independientemente de lo que hubiese hecho.

–¡No puede entrar! –exclamó Ginny Anderson cuando ella pasó de largo y agarró el picaporte de la puerta del despacho–. Está reunido.

Zoe no hizo caso y abrió la puerta. Tristan estaba hablando por teléfono, pero abrió los ojos como platos cuando ella entró y cerró la puerta.

–Acaba de entrar alguien –le explicó él a quien estuviera al otro lado de la línea–. Tengo que dejarte, te llamaré más tarde.

Tristan colgó, se levantó y rodeó la mesa.

–¿Puede saberse qué haces irrumpiendo así?

Antes, su ira la habría intimidado, pero ya no era la mujer que él había dominado. Miró fijamente a su exmarido y no dio ni un paso atrás mientras él se acercaba a ella.

–Has comprado el edificio para expulsarme. Eso es miserable hasta para ti.

–¿Cómo sabes que fui yo? –le preguntó Tristan con los ojos entrecerrados.

Ella se dio cuenta inmediatamente del error que había cometido. No podría saber que había sido él sin los documentos que había recibido sobre sus sociedades pantalla.

–¿Quién iba a ser si no? –Zoe se tiró el farol como si su vida dependiera de ello–. Has hecho todo lo que has podido para arruinarme y esto solo es una más en la larga lista de vilezas.

–Pareces muy segura de que he sido yo –replicó él sin inmutarse–. Parece que tienes alguna prueba.

Su seguridad en sí mismo indicaba que sabía perfectamente lo que le habían mandado a ella.

–No sé de qué estás hablando –replicó ella maldiciéndose por haberse ido de la lengua.

–Sé lo que has estado haciendo.

Tristan se inclinó hacia ella con una actitud cada vez más amenazante.

–No he estado haciendo nada –insistió Zoe agarrando el bolso con más fuerza.

–Eres una mentirosa –Tristan, de repente, le agarró el bolso y se lo bajó del hombro–. ¿Lo tienes aquí?

–¡Basta! –Zoe se aferró a la correa–. ¡Suelta! ¿Qué haces?

Tristan tiró con todas sus fuerza y le arrancó el

bolso de las manos. Zoe, intentando contener las lágrimas, lo recuperó y lo sujetó contra el pecho.

–¡No tienes derecho!

–Tengo todo el derecho del mundo –él miró lo que había en el sobre y apretó los dientes–. Has sido muy tonta al traer esto –Tristan tiró el sobre su mesa–. Aunque claro, nunca has sido muy lista. Ese novio que tienes no sabe bien cómo eres –siguió Tristan–, o lo que has estado tramando.

–¿De qué hablas…? –le preguntó ella.

El miedo le atenazó las entrañas cuando él esbozó una sonrisa jactanciosa que le dejó muy claro que sabía hasta el más mínimo detalle de lo que había estado haciendo.

–Ya sabes, de ese trato para vengaros por el que tú recibías trapos sucios de mí a cambio de que reunieras trapos sucios sobre la hermana Dailey. No sabía que ya los tuvieras.

–¿Cómo…?

–Me lo contó tu amiga Everly –contestó Tristan.

–¿Quién? –preguntó Zoe intentando parecer que no sabía de quién estaba hablando.

–Everly Briggs –Tristan sonrió con desprecio–. Me parece que no es tan buena amiga como creías.

–No es mi amiga, no la conozco casi.

Al menos, eso era verdad.

–No te molestes en negarlo. Me contó que alguien me robó información del ordenador para ti.

Zoe estaba segura de que Everly no le había mandado los documentos. Entonces, ¿por qué lo sabía?

–Me parece una historia un poco fantástica.

–No es una historia, es la verdad.

–¿Como cuando me acusaste de que tenía una aventura? –Zoe se felicitó por el sarcasmo–. Esas mentiras no dieron resultado entonces y tampoco lo darán ahora.

–¿De verdad? –preguntó él en un tono burlón e hiriente–. ¿Cuánto tardará Dailey en mandarte a paseo cuando se entere de que te apuntaste a la campaña de su hermana para buscar trapos sucios sobre ella?

–No te acerques a Ryan.

–¿O qué…?

Efectivamente, ¿o qué? Tristan había recuperado las pruebas sobre sus actividades ilegales.

–Es tu palabra contra la mía y él ya sabe que no puede confiar en ti.

–Es posible, pero ya salió escaldado una vez –Tristan dejó de manifiesto hasta qué punto había traicionado Everly el trato que tenían–. Algo me dice que no va a cometer dos veces el mismo error. Solo tengo que hacer una llamada telefónica para que estés acabada.

Zoe se dio media vuelta y salió del despacho de Tristan. Aunque no había querido ver lo inevitable, sí había sabido que su relación con Ryan acabaría rompiéndose. Sin embargo, no permitiría, por nada del mundo, que Tristan o Everly tuvieran el placer de darle la puntilla.

Como suponía que Tristan tardaría en llamar a Ryan para que ella sufriera el mayor tiempo posible, sacó el teléfono y lo llamó ella.

–Tenemos que hablar…

***

Después del apremiante «tenemos que hablar» y de la negativa de Zoe a decir nada más por teléfono, Ryan se quedó pensando si estaría ante el brusco final de su relación con Zoe, algo que le espantaba. Mientras estaba en la cocina sin saber qué hacer de cena, se dio cuenta de lo deprisa que se había acostumbrado a tener cerca a Zoe todo el rato. Cenaban juntos casi todas las noches, después solían hacer el amor apasionadamente y ya había perdido la cuenta de las veces que ella se había quedado a dormir. Despertarse juntos se había convertido en su forma favorita de empezar el día.

El corazón le dio un salto de alegría cuando llamaron a la puerta. Al principio, se decía que eran reacciones físicas muy naturales con alguien que lo excitaba. Al fin y al cabo, las relaciones sexuales con ella habían sido las mejores que había tenido.

Sin embargo, no era algo solo físico. Había hecho el esfuerzo de llegar a conocerla. Le había quitado los miedos, se había enterado de los sueños que tenía para el porvenir, había descubierto que los dos tenían la pasión de ayudar a los demás y el defecto de darse cuenta de los embrollos cuando ya era demasiado tarde. Además, él le había contado cosas que solo había visto su gemela.

Abrió la puerta, pero el alma se la cayó a los pies cuando vio la expresión sombría de ella.

–¿Qué pasa? –preguntó él mientras entraba.

–Todo se ha enredado.

Zoe dejó el bolso en la encimera, fue al mueble bar de la sala, dejó el móvil y señaló las botellas.

–¿Te importa?

–Sírvete lo que quieras.

Ryan la observó mientras ella se servía una generosa dosis de vodka y comprobó que estaba pálida y que se le había corrido la sombra de ojos. Parecía como si hubiese estado llorando. ¿Qué había pasado desde que esa mañana hicieron el amor y ese momento?

–¿Quieres hablar de ello?

–Por eso he venido. Tengo que contarte algunas cosas –se bebió el vodka y se sirvió otra copa, pero esa vez le dio vueltas entre las manos–. Cosas que no van a gustarte.

Esas palabras no presagiaban nada bueno.

–De acuerdo.

Sin embargo, antes tenía que conectar con ella. Fue hasta donde estaba y le quitó la copa de las manos. La abrazó y la besó con todas sus ganas antes de que ella pudiera decir nada. Se derritió inmediatamente entre sus brazos. La tensión desapareció de sus músculos, le rodeó el cuello con los brazos y se estrechó contra él.

Ryan introdujo la mano por debajo del dobladillo del vestido de lana. Necesitaba sentir la calidez sedosa de su piel y el ardor cautivador de su excitación. Ella gruñó y se mordió el labio inferior cuando él le pasó un dedo por la humedad de entre los muslos.

–Ryan…

–Tengo que saborearte –susurró él mientras le bajaba el tanga por los muslos.

Se tumbaron en el suelo. Ella se puso de espaldas y él le levantó el vestido. Luego, puso las manos en sus rodillas y se las separó. Los sonidos que emitía ella mientras le lamía la zona más sensible de su cuerpo hicieron que su deseo se pusiera al rojo vivo. No hizo caso a la tensión que notaba en los pantalones por debajo del cinturón y se concentró en complacerla al máximo. Ya sabía volverla loca deprisa y despacio, pero ella también había aprendido algunas cosas sobre él.

–Quiero tener el orgasmo contigo dentro –jadeó ella al notar que se acercaba el clímax–. Por favor, Ryan…

Él no encontró ningún motivo para denegárselo y se desvistió en un abrir y cerrar de ojos. Ella también se quitó el vestido por encima de la cabeza. Ryan admiró su cuerpo delgado y fibroso mientras iba a bajar la cremallera de sus botas favoritas.

–Déjatelas puestas –le pidió Ryan con una sonrisa provocadora.

Ella esbozó la primera sonrisa de la noche. Extendió los brazos y él se colocó entre sus muslos. Lo miró a los ojos mientras entraba en ella.

–Te amo –murmuró ella en una voz tan baja que él creyó que había oído mal.

El corazón le dio un vuelco y, un segundo después, ella cerró los ojos y empezó a contonear las caderas como sabía que le encantaba a él. Ryan también empezó a moverse e hicieron el amor desenfrenadamente. Llegaron juntos al clímax, Ryan se cercioró de que Zoe tenía un orgasmo deslumbrante antes de dejarse arrastrar por su propio placer.

Después, se quedó tumbado al lado de ella en la moqueta y giró la cabeza para mirarla. Tenía los ojos tapados por un brazo y los labios separados mientras el pecho le subía y bajaba por la respiración acelerada. La piel le brillaba por una ligera capa de sudor y le tentó acariciarla, pero ella habló antes de que él pudiera reunir fuerzas para moverse.

—Tengo que decirte una cosa —le anunció ella en un tono sombrío.

—Adelante.

—Va a pasarle algo malo a tu hermana.

Ryan sintió una descarga. Se sentó, le agarró la muñeca y le quitó el brazo de la cara para ver su expresión.

—¿Como qué?

Él lo preguntó con una voz gélida y recelosa y no le extrañó que ella se estremeciera.

Zoe también se sentó, se soltó y se frotó la muñeca antes de llevarse las rodillas al pecho y rodeárselas con los brazos.

—Jefferson está teniendo una aventura con Patty —contestó ella con el dolor reflejado en los ojos.

Él no pudo asimilar lo que había oído. Jamás podría haberse imaginado que su cuñado engañara a su hermana.

—¿La subdirectora de la campaña de Susannah? —Ryan sacudió la cabeza—. No te creo.

—Es verdad —insistió ella—, y hay pruebas.

—¿Qué pruebas?

—Hay un vídeo.

—¿De qué?

Él lo preguntó en un tono retador y con la esperanza de que ella no tuviera nada consistente, de que todo fuera un bulo mal planteado para sembrar cizaña.

—Es un vídeo de los dos entrando en la habitación de un motel.

En esos tiempos, esas cosas podían manipularse con la tecnología y tenía toda la pinta de que Lyle Abernathy pudiera estar detrás.

–¿Lo has visto?

Ella asintió con la cabeza.

–¿Dónde? ¿Cuándo?

Zoe se levantó y fue a por su móvil. Pulsó algunos botones y se lo entregó a él. El vídeo estaba grabado de noche y a cierta distancia, pero no había duda de que los protagonistas eran Jefferson Kirby y Patty Joyce. No duraba más de veinte segundos, pero eran más que suficientes.

–¿Los seguiste?

Miró a Zoe y comprobó que ella había aprovechado que él estaba viendo el vídeo para vestirse. Una parte de su ser lamentó que se hubiese tapado esa piel maravillosa, pero también se reconoció que no quería que su desnudez lo distrajera.

–No –contestó Zoe dirigiéndose hacia una de las butacas de la sala–. Alguien me mandó el vídeo.

–¿Alguien? –preguntó él en tono cortante por su ambigüedad–. Querrás decir Abernathy.

Ryan, desbordado por la furia ante la traición de Zoe, se tiró de los pelos por todas las veces que el deseo le había borrado el sentido común. Había sospechado desde el principio, pero había permitido que la avidez por ella le impidiera ahondar en por qué había aparecido de repente en la campaña de Susannah.

–No –Zoe negó con la cabeza–. Abernathy no tiene nada que ver con esto.

Todavía. Ella no lo dijo, pero a él se le metió esa palabra en la cabeza como un virus mortal. El vídeo acabaría en manos de Abernathy con toda certeza. Dijera lo que dijese Zoe, que el vídeo existiese significaba que iban a filtrarlo.

—¿Quién mas lo sabe?

—No lo sé —contestó ella implorando compasión.

—Ayúdame a entenderlo —le pidió Ryan a cambio—. ¿Por qué te llegó a ti ese maldito vídeo?

Durante un minuto, solo se oyó el ruido distante de un camión en la calle King, hasta que ella dejó escapar un suspiro de cansancio.

—Por algo que tenía que hacer aquí —murmuró Zoe.

—¿El qué?

Ella se rodeó la cintura con los brazos. Si con ese gesto y su expresión de desesperación pretendía ganarse su compasión, no estaba consiguiéndolo. La sangre se le heló mientras esperaba a que ella contestara.

—Desbaratar la campaña de tu hermana en venganza contra ti.

Capítulo Diez

La expresión de Ryan se congeló, pero Zoe no sintió el pánico que solía paralizarla cuando hacía algo que contrariaba a Tristan. Sabía que Ryan no la maltrataría por mucho que se enfadara con ella.

–¿Una venganza? –preguntó él con la voz ronca–. ¿Contra mí? ¿Por qué? ¿Qué te he hecho?

–Nada. Yo no soy quien quiere vengarse. Es Everly Briggs, por lo que le pasó a su hermana.

–¿Por qué tú? ¿Qué relación tienes con Everly?

Ryan se levantó y recogió la ropa.

–Al principio del otoño fui a un acto social y conocí a dos mujeres: Everly Briggs y London McCaffrey. Acababa de divorciarme y me sentía amargada e impotente. No tenía dinero, los abogados de Tristan me machacaban y estaba desquiciada. Las tres estábamos en situaciones parecidas. London estaba furiosa porque Linc Thurston la había abandonado y Everly estaba desolada porque Kelly estaba en la cárcel. Las tres nos sentíamos pisoteadas, impotentes y rencorosas.

–¿Y decidisteis ir a por nosotros? –le preguntó él.

Zoe asintió con la cabeza.

–Empezamos a hablar de lo maravilloso que sería daros vuestro merecido.

–¿Qué hicisteis? –preguntó Ryan con una mezcla de espanto y asombro.

–Decidimos que cada una iría a por el que había maltratado a otra. Éramos desconocidas en un cóctel. La idea era que hiciéramos lo que hiciésemos, nadie podría tirar del hilo y dar con la persona que tenía motivos para vengarse. Everly rompió la relación de Linc y su empleada doméstica para vengar a London. London se hizo con unos documentos de Tristan que demostraban que tenía dinero oculto en paraísos fiscales para vengarme a mí.

–Y tú deberías haberme hecho algo a mí para vengar a Everly –siguió Ryan–. Sin embargo, querías hacerle algo a Susannah.

–Everly dijo que como tú habías machacado a su hermana, yo debería machacar a la tuya.

Ryan la miró en silencio durante tanto tiempo que sus ojos eran como dos témpanos de hielo gris y cuando habló por fin, su tono le heló la sangre.

–¿Qué piensas hacer con el vídeo?

Zoe sacudió la cabeza con vehemencia.

–Nada. ¿No lo entiendes? Yo no lo he grabado, no podría haceros nada a Susannah o a ti. Yo te am… –Ryan levantó una mano para que no terminara la frase–. ¡No! Voy a decirlo. Te amo y me arrepiento de todo. Mi participación en esto ha estado corroyéndome por dentro.

–¿Me amas? –preguntó él levantando la voz por la indignación–. ¿Esperas que me lo crea cuando has estado mintiéndome todo este tiempo?

–Solo sobre el motivo para presentarme de voluntaria a la campaña de Susannah. Tienes que creerme –Zoe le puso una mano en el brazo y dio un respingo cuando él lo retiró–. He sido sincera sobre todo lo demás.

–Sincera –gruñó él–. ¿Por qué me has contado todo esto? Podrías haberte quedado callada y yo nunca habría sabido que estabas involucrada.

–Everly le contó la verdad a Tristan –reconoció Zoe.

Sabía que eso acabaría con cualquier posibilidad de salvar su relación. Si ella le hubiese contado la verdad antes de verse obligada por las circunstancias, podría haber conseguido que él lo entendiera. En cambio, había sido leal a la causa equivocada.

–Me ha amenazado con contártelo –añadió ella.

–Eso fue lo que quiso decir en la recaudación de fondos –recordó Ryan frotándose la cara con las manos.

–Intenté abandonar –siguió Zoe aunque dudaba que él fuese a creerla–. Después de conoceros a Susannah y a ti, no podía llevar a cabo lo que habíamos planeado, pero Everly estaba decidida a darte tu merecido y no atendía a razones.

–¿Sabes lo que va a suponer para mi hermana vuestra confabulación? –preguntó él sin disimular el dolor–. Tendrá que olvidarse de ser candidata para el Senado y ese vídeo arruinará su matrimonio. ¿Te paraste un segundo a pensar en el daño que podías hacerle a su familia?

–Lo siento… –susurró ella.

–Tengo que avisar a Susannah. Cuando vuelva, quiero que te hayas marchado.

Ryan tomó las llaves antes de salir por la puerta de la cocina y de ir al garaje. Sentía una mezcla explosiva de emociones, desde la furia con su cuñado a la desesperación por el dolor devastador que iba a producirle a su hermana. Cualquier cosa relacionada con Zoe había quedado relegada al rincón más remoto de su cabeza.

«Te amo». Maldita fuese.

Sintió una opresión en el pecho cuando su declaración le retumbó en la cabeza. Tenía que concentrar todas sus energías en Susannah y en apoyarla cuando se enterara de lo que había estado haciendo su marido.

Antes de dirigirse a la sede de la campaña, le había mandado una copia del vídeo a Paul. Se lo había reenviado a sí mismo desde el teléfono de Zoe cuando terminó de verlo. En ese momento, cuando había metido la marcha atrás para salir del garaje, sonó el teléfono.

–¿Puede saberse qué es ese vídeo que me has mandado? –le preguntó Paul con una rabia que aumentó la ira de Ryan–. ¿Lo ha visto Susannah?

–No. En ese momento iba hacia allí para contárselo.

–¿De dónde ha salido?

–Me lo enseñó Zoe. Lo grabó Everly Briggs.

–¿La hermana de Kelly? –Paul pareció tan desconcertado como lo había estado Ryan unos momentos antes–. ¿Por qué? ¿Qué pasa?

–Es una historia muy larga.

Ryan empezó a contarle lo que le había contado Zoe, aunque se concentró en los datos.

–Vaya. Susannah no se merece nada de todo esto –se lamentó Paul.

–Lo sé. Ojalá pudiésemos hacer algo para mi-

tigar las consecuencias, pero aunque consiguiése-
mos que no se divulgara el vídeo, no creo que eso
fuese a pararle los pies a Everly Briggs.

–No ha hecho nada ilegal –confirmó Paul–.
¿Cómo han quedado las cosas con Zoe?

A Ryan le extrañó la pregunta.

–Naturalmente, hemos acabado. Le he dicho
que se marchara.

–Claro, tiene mucho sentido.

Sin embargo, el tono de Paul indicaba lo contrario.

–Ha estado mintiéndome todo este tiempo –le
recordó Ryan–. Desde que nos conocimos.

–Bueno, para ser justo, sospechaste de los motivos que tenía para entrar en la campaña. Resulta
que tenías razón, pero los protagonistas eran otros.

–¿Y te parece que eso hace que todo esté bien?

–No es que esté bien, pero ¿qué ha hecho ella
que sea tan malo aparte de no decirte en lo que se
había metido? Efectivamente, empezó a conspirar
contra ti, pero no hizo nada concreto. Además, te
dio el vídeo antes de que se filtrara.

–No puedo creerme que estés de su parte.

–Mira, puedo entender que estés dolido con
ella porque no fue completamente sincera contigo, pero me parece que se metió sin saber muy
bien lo que hacía. Evidentemente, Everly Briggs se
aprovechó de ella, y me da la sensación que London McCaffrey también. Os he visto juntos y está
muy claro lo que sentís. No dejes que una equivo-
cación estropee lo que podríais llegar a tener.

«Te amo».

–No lo entiendes…

154

Ryan no siguió. ¿Lo amaba? ¿Cómo era eso posible cuando lo había traicionado? Se acordó del vídeo de Jefferson y Patty. Su dolor no era nada en comparación con lo que Susannah estaba a punto de sentir.

–Ryan…

Él se dio cuenta de que Paul había seguido hablando.

–¿Qué…?

–Te he preguntado si te parece bien que llame a Zoe y le pregunte por los documentos que le proporcionó London McCaffrey.

–Claro, muy bien.

Si Paul estaba interesado, ¿significaba eso que había pasado algo ilegal? ¿Sería él responsable de mandar a la cárcel a otras dos mujeres? Se le heló la sangre solo de pensar en Zoe entre rejas.

–Paul, espera un segundo –le pidió Ryan–. No quiero que les pase nada a esas mujeres.

–¿Aunque hayan conspirado para vengarse de ti?

Ryan no hizo caso del tono burlón de su amigo.

–¿Ocúpate como mi amigo, de acuerdo? No como un expolicía y un especialista en seguridad cibernética.

–Lo que tú digas. Llámame después de que hayas hablado con Susannah.

–Lo haré.

Diez minutos después de haber hablado con Paul, Ryan entró en la sede de la campaña.

Cerró la puerta del despacho de su hermana y bajó las persianas. Susannah lo miró en silencio y con las cejas arqueadas.

–Vaya, ¿qué pasa?

–Hoy he averiguado algo sobre Zoe que demuestra que yo tenía razón sobre sus motivos para participar en la campaña.

–Ryan, lo siento –Susannah se puso seria–. Sé lo mucho que… te importa.

Que la primera reacción de su hermana fuese preocuparse por él le recordó por qué la quería tanto. Sintió una punzada en el corazón por el mazazo que estaba a punto de darle.

–Es una pena, Susu… –Ryan sacó el teléfono y buscó el vídeo–. Ha estado trabajando con Everly Briggs para entorpecer tu campaña. Hoy me ha enseñado esto.

Puso en marcha el vídeo y le pasó el teléfono a su hermana. La expresión de Susannah pasó de perplejidad a espanto cuando vio que su marido entraba en la habitación de un motel con la subdirectora de la campaña.

–¿Zoe grabó esto? –preguntó Susannah en un tono impertérrito que no se correspondía con su expresión de conmoción.

–No. Lo grabó Everly. Creo que podemos esperar que se filtre a la prensa o se envíe a Abernathy en un futuro inmediato.

–¿Puedes mandárselo a Gil? –le preguntó ella mientras le devolvía el teléfono con las manos temblorosas–. Creo que querrá plantear alguna estrategia para minimizar los daños lo antes posible –Susannah se levantó y sacó el bolso del cajón–. Dile que si tiene que localizarme, estaré en casa hablando con Jefferson.

–¿Quieres que haga algo más? –le preguntó Ryan–. ¿Quieres que vaya contigo y me lleve a los niños a tomar un helado para que puedas hablar tranquilamente?

–Gracias, pero Candi estará allí –contestó Susannah refiriéndose a la empleada doméstica–. Ya se los llevará ella.

Ryan no se dejó engañar por la apariencia serena de su hermana. Sabía que era inflexible sobre el juego limpio y la justicia y también sabía, por experiencia propia, lo que pasaba cuando se enfadaba.

–No te preocupes por nada –Ryan llamó a Gil con la mirada–. Gil y yo nos ocuparemos de todo.

Capítulo Once

Zoe tardó menos de una hora en hacer el equipaje y marcharse del apartamento. Un momento después, ya estaba instalada otra vez en la trastienda, como si haber vivido con Ryan hubiese sido un sueño maravilloso y se hubiese despertado.

Había sido un día muy agitado y no había conseguido asimilar todo lo que había pasado. Si lo pensaba, sentía una opresión en el pecho y se le nublaba la vista.

Everly había roto en mil pedazos el pacto al contarle a Tristan que ella tenía los documentos legales y económicos. También era posible que le hubiese contado que London había sido quien se había apoderado de la información, y, en ese caso, tenía que avisarla.

Buscó la dirección de ExcelEvent, la empresa de London. Para su sorpresa, estaba a tres manzanas de Tesoros para una Segunda Ocasión. Marcó el numeró de teléfono sin pensárselo dos veces.

–ExcelEvent, soy London McCaffrey.

Zoe se quedó tan pasmada que no pudo hablar. No había previsto que fuese tan fácil ponerse en contacto con London.

–Oiga… –London parecía nerviosa–. ¿Hay alguien ahí?

–Soy Zoe –contestó ella con un susurro ronco.

–¡Zoe! Me has asustado. He creído que era Everly. ¿Estás bien?

Zoe sintió un alivio inmenso al darse cuenta de que no era la única que estaba aterrada por Everly.

–Todo está desmoronándose. Creo que deberíamos vernos para hablar.

–En mi oficina. ¿Puedes venir ahora? Creo que no deberían vernos en público.

–Estoy en mi tienda y resulta que está a unas manzanas de ahí –contestó Zoe en un tono algo histérico–. Tardaré diez minutos.

El paseo la ayudó a serenarse y cuando llegó a ExcelEvent, ya parecía preparada para tener una conversación productiva.

London había estado observándola de alguna manera porque la puerta se abrió antes de que ella llamara y la hermosa rubia le invitó a que entrara. Aunque no habían vuelto a verse desde el acto de «Las mujeres hermosas toman las riendas», se abrazaron como si fuesen grandes amigas.

–Me encanta tu imagen nueva –comentó London mientras se separaban.

–Necesitaba un cambio –murmuró Zoe, quien se sentía tan intimidada por esa próspera empresaria como la última vez que se vieron.

–Pasa.

Mientras London la llevaba por la recepción y el pasillo, Zoe admiró la elegancia moderna de ExcelEvent y la comparó con el estilo informal y ecléctico de Tesoros para una Última Ocasión.

–Creo que tenemos que contarnos muchas cosas –siguió London mientras se sentaban en un sofá de su despacho.

–Primero, déjame darte las gracias por haberle quitado los documentos legales y económicos a Tristan.

–No fui yo –reconoció London–. No pude, fue Harrison.

–¿Harrison...? –aunque su excuñado le caía bien, no habían estado muy unidos y no podía entender que hubiese corrido ese riesgo por ella–. ¿Por qué? ¿Cómo?

–Le conté la verdad, toda la verdad. Sabe por todo lo que pasaste y decidió ayudarte.

Ahí era donde se equivocaba London. Lo había hecho para ayudarle a ella. Zoe sabía que habían visto a London y Harrison juntos, pero, hasta ese momento, no había sabido que salían juntos.

–Pero eso significa que se ha alineado contra su hermano y a Tristan no va a gustarle.

–A Harrison no le importa –replicó London con el orgullo reflejado en los ojos.

–Estás enamorada de él...

Zoe sintió comprensión.

–Estoy loca por él.

–¿Qué siente Harrison por ti?

–Lo mismo.

La envidia le atenazó el corazón. Quería ser tan feliz como London, que la perdonaran, que la amaran y que miraran con esperanza hacia el porvenir. Sin embargo, el hombre al que amaba la despreciaba. Al remordimiento que sentía por lo que le había hecho a Ryan y su familia había que añadirle sus apuros económicos y que había perdido la tienda. Ya no tenía ganas de luchar. Era posible que tirara la toalla y volviera a Greenville.

–Me alegro por los dos –reconoció Zoe–. Harrison es una gran persona y se merece estar con alguien maravilloso.

–No sé si yo soy esa precisamente –London puso un gesto de remordimiento–. Hemos hecho algo espantoso.

–Lo sé –reconoció Zoe–. Lamento muchísimo haber conocido a Everly y haber aceptado hundir a Ryan.

–Yo también. Creo que está loca.

–Y es peligrosa –Zoe asintió con la cabeza–. Le contó a Tristan lo que estábamos tramando.

London pareció más molesta que sorprendida.

–Le mandó a Harrison una grabación en la que yo decía que lo había utilizado para llegar hasta Tristan y que no significaba nada para mí. Yo estaba intentando que ella no se enterara de que me había enamorado de Harrison, pero ella se lo tomó al pie de la letra.

Zoe se acordó del vídeo de Jefferson y Patty.

–¿Qué pasó?

–Se lo conté todo y, milagrosamente, seguimos juntos.

–Me alegro.

Zoe también se acordó del precio que había pagado por haberle contado la verdad a Ryan.

–Tengo mucha suerte con él. Cuando se pierde la confianza, es muy difícil recuperarla.

–Algunas veces, no se consigue nunca.

La desesperanza se adueñó de Zoe. Se tapó la cara con las manos cuando las lágrimas le abrasaron los ojos… y notó que una mano le acariciaba la espalda.

–No va a pasar nada –murmuró London–. Harrison y yo te ayudaremos en lo que haga falta.

–Nadie puede hacer nada. Everly…

Se atragantó por el esfuerzo que tenía que hacer para respirar.

–Traeré un poco de té y podrás contármelo todo.

London dejó una caja con pañuelos de papel en la mesita, al alcance de Zoe, y salió de la habitación. Zoe, algo más tranquila, se secó los ojos y se sonó la nariz.

–Toma –London dejó una bandeja con dos tazas de porcelana humeantes–. ¿Te encuentras mejor?

–Mucho mejor. El té con pastas ayuda. Gracias –para su desesperación, los ojos se le llenaron de lágrimas otra vez–. Lo siento, ha sido un día atroz.

–Antes dijiste que es mucho peor de lo que me imaginaba. ¿Qué ha pasado? –le preguntó London.

Zoe le contó los problemas económicos que había tenido por el divorcio y cómo habían afectado a la tienda. También le contó que Ryan y Susannah le habían ayudado, le explicó el asunto del vídeo y que Ryan iba de camino para contárselo a su hermana.

–Susannah fue maravillosa y yo fui incapaz de hacerle algo a ella o a la campaña –terminó Zoe–, pero, en definitiva, dio igual porque Everly se hizo cargo de todo.

–Sé que suena raro –replicó London–, pero no creo que si se divulga el vídeo, vaya a perjudicarle a Susannah. No la han sorprendido a ella siendo infiel. En realidad, es posible que la gente lo sienta por ella.

–Eso espero. Aun así, se quedará devastada.

–Sí, pero no será por algo que hayas hecho tú… o que haya hecho Everly. Su marido ha sido quien la ha traicionado.

–No estoy segura de que Ryan y Susannah vayan a opinar lo mismo. Él ya me culpa del embrollo.

–Eso es ridículo…

Fuera lo que fuese lo que London iba a decir, una llamada al teléfono de Zoe la interrumpió. Ella frunció el ceño al no reconocer el número.

–¿Vas a contestar? –le preguntó London.

–¿Y si es Everly?

Zoe dejó que saltara el buzón de voz y oyó el mensaje por el altavoz.

–Zoe, soy Paul Watts. Ryan me ha contado lo que está pasando y me gustaría hablar contigo sobre los documentos que te hizo llegar London Mc-Caffrey.

Las dos mujeres se miraron a los ojos. Zoe captó en la mirada de London el mismo desasosiego que le oprimía a ella el pecho.

–¿Quién es Paul Watts y por qué pregunta por los documentos?

–Tiene una empresa que se dedica a la seguridad cibernética y es el mejor amigo de Ryan.

London soltó un improperio muy poco femenino, pero su expresión fue muy firme.

–Llámalo y pregúntale si puede venir aquí esta noche.

–¿Estás segura?

–Creo que la dos tenemos que apechugar con lo que hemos hecho –contestó London–, y si podemos arrastrar Everly con nosotras, mejor.

Durante los tres días que habían pasado desde que Ryan le contó la noticia sobre la infidelidad de su marido, Susannah había sido el centro de una tormenta informativa. Gil y ella habían decidido dar la cara antes de que se filtrara la infidelidad de Jefferson y eso había hecho que el tribunal del público se decantara a su favor.

La campaña de Susannah había enrolado a docenas de voluntarios más y las donaciones se habían disparado. En cuanto a la candidatura al Senado, Zoe y sus amigas la habían ayudado, pero, en el terreno personal, Susannah había recibido un golpe muy fuerte.

Ryan subió los escalones que llevaban a casa de su hermana y vio, a través de las puertas acristaladas del porche, que estaba a oscuras. Llamó al timbre y vio que una figura se acercaba en la oscuridad. Reconoció a la empleada doméstica de Susannah por lo menuda que era. Candi abrió la puerta con el ceño fruncido.

—Es tarde.

—¿Qué tal está? —preguntó Ryan sin hacer caso del rapapolvo.

—¿Cómo cree que está?

Candi llevaba con la familia Kirby desde que Susannah y Jefferson se casaron. Era una más de la casa e incondicional de Susannah.

—¿Puedo entrar para hablar con ella?

Candi resopló con fastidio, retrocedió un paso y le dejó pasar.

–Está en el embarcadero.

Eso le sorprendió.

–¿Qué hace ahí?

–Es una mujer adulta, no es una niña para que me ocupe de ella.

Ryan fue hasta la cocina para tomar una cerveza y salió por unas puertas acristaladas que unían la cocina con unos escalones que llevaban al jardín.

Aunque tenía que haber oído sus pasos sobre los tablones de madera del embarcadero, ella no apartó la mirada del reflejo de la luna en el agua. Se sentó en una butaca de madera al lado de la de ella y vio que tenía una botella de bourbon medio vacía a los pies. Dio un sorbo de cerveza y tomó una bocanada de aire nocturno para esperar a lo que Susannah quisiera contarle.

–Jeff se ha marchado –dijo ella por fin mientras daba vueltas a la copa entre las manos–. Ha hecho una bolsa y ha dejado atrás diez años de matrimonio, así de sencillo.

–Lo siento, Susu.

–No me extraña –replicó ella en un tono apagado–. Todo ha sido por tu culpa.

La acusación no le sorprendió, pero el tono de derrota, sí. Su hermana no era de las que se daban por vencidas.

–De no haber sido por ti, no habrían atacado mi campaña.

Aunque las causantes de la situación eran Zoe y sus amigas, él reconocía que todo lo que había hecho había causado problemas.

–Lo siento. Si no hubiese intentado ayudar a Kelly Briggs...

Susannah se había olvidado de las lágrimas que le caían por las mejillas.

–¿Qué voy a hacer sin él?

La desolación que transmitía su hermana le desgarró el corazón. Jamás le había oído algo así. Era fuerte y equilibrada y verla abatida era como si una parte fundamental de ella se hubiese hecho añicos y nunca fuese a repararse. Le tomó la mano y se la apretó.

–Puedes hacer lo que te propongas. Puedes arreglar tu matrimonio o seguir adelante sin Jeff. Eres el mejor ejemplo de éxito de nuestra familia.

Susannah se pasó el dorso de la mano que tenía libre por la mejilla y soltó el aire con la respiración entrecortada.

–Mi marido me engañó. Aunque Abernathy no filtre el vídeo, lo utilizará para decir que no puedo ser senadora del Estado, creo que la mayoría de la gente me señalará como un ejemplo sangrante de lo que no se puede hacer –Susannah tomó el vaso, se bebió de un sorbo lo que quedaba y se quedó un rato mirando el agua–. Es posible que haya dado por sentadas muchas cosas: mi matrimonio, mi profesión… Siempre se trataba de lo que yo quería, de lo que me convenía a mí.

–No empieces a echarte la culpa. Jeff fue quien tuvo la aventura.

–Desde luego, pero ¿no lo habré empujado yo?

–¿Empujarlo? –preguntó Ryan con escepticismo y rabia–. ¿Por qué? ¿Porque estabas centrada en tu familia y tu profesión? ¿Porque él no era tu prioridad? Eso es ridículo.

–Jamás me había pasado algo así de horrible

–Susannah lo miró–. Tampoco te apoyé lo bastante durante el incidente con Kelly Briggs –ella le apretó la mano con fuerza–. Lo siento.

–No lo sientas –Ryan no soportaba ver así a su hermana–. ¿Qué puedo hacer? Dilo. Puedo moler a palos a ese majadero de Jefferson si eso va a hacer que te sientas mejor. Solo tienes que decirlo.

–Creo que ya se han tomado bastantes represalias, ¿no? –Susannah suspiró–. ¿Has hablado con Zoe?

–No. ¿Por qué iba a haber hablado con ella?

–Para ver cómo lo sobrelleva todo.

–¿De verdad te preocupas por ella después de lo que te ha hecho?

–No me ha hecho nada –replicó Susannah con el ceño fruncido–. No fue culpa suya. Jefferson me engañó y lo que tú hiciste atrajo a Everly Briggs a nuestras vidas.

–Zoe nos mintió.

–No sobre quién es y lo mucho que te quiere.

Ryan sacudió la cabeza con vehemencia para negar lo que acababa de afirmar Susannah.

–Me utilizó para llegar hasta ti, eso es todo.

–No digas eso. No quiero que los dos perdamos por este asunto a las personas que amamos.

–Yo no la amo.

–¿De verdad? Pues has estado portándote como si la amaras –ella siguió antes de que él pudiera replicar–. Nunca te había visto tan desdichado después de una ruptura. Ella te ha hecho mucho daño y tú te atormentas por no haberlo visto venir.

–Sea como sea –a Ryan le fastidiaba que su hermana lo conociera tan bien–, la cuestión es que me ha mentido y que nunca podré confiar en ella otra vez.

–Las personas nos equivocamos todo el rato –reconoció su hermana–. La clave está en aprender de nuestras equivocaciones. Creo que es lo que ha hecho Zoe, creo que se siente fatal por lo que te ha hecho. Perdónala.

–¿Vas a perdonar a Jefferson? ¿Puedes volver a fiarte de él?

–No lo sé todavía, pero no voy a tirar la toalla sin intentarlo y tú deberías hacer lo mismo.

Zoe había tenido la tienda abierta los miércoles hasta las nueve de la noche desde que la inauguró. Lo llamaba «Las noches que salen las chicas» y daba copas de vino y algo de comer mientras ofrecía demostraciones de artesanía. Algunas veces, ganaba tanto durante esas horas como durante el resto de la semana. Esa noche no había sido una excepción. Aunque, desgraciadamente, no iba a servir para salvar la tienda.

A lo largo de ese día había ido poniéndose en contacto con las artistas para darles la espantosa noticia de que Tesoros para una Segunda Ocasión cerraría a finales de mes. Había recibido expresiones de pena y compasión mezcladas con rabia. Ella lo había sobrellevado con entereza aunque sabía que había fallado a esas mujeres que contaban con el dinero que sacaban de vender sus obras en su tienda.

Durante toda la tarde había recurrido a reservas que no sabía que tenía y mantuvo una sonrisa radiante. Aunque esas veladas podían ser muy divertidas, el día había sido complicado y estaba pasándole factura. Se alegró cuando fue a echar el cierre poco después de las nueve. Entonces, se le paró el pulso cuando una figura apareció en la acera reconoció a la hermana de Ryan.

—¿Podemos hablar? —le propuso Susannah sin la animadversión que había esperado Zoe.

—¿Hablar o gritarme por todo lo que ha pasado?

Zoe cerró la puerta.

—Yo no grito —contesto Susannah sin inmutarse.

—Es verdad, tú haces trizas a los demás con tu retórica.

—Eso se acerca más a la realidad —Susannah esbozó media sonrisa—, pero no he venido para acusarte de nada, he venido para entender.

Y Zoe quería explicar…

—Vamos a la trastienda.

Zoe apagó las luces y le hizo un gesto a Susannah para que la acompañara.

Susannah se fijó en el camastro y las cajas.

—¿Vives aquí?

—Hasta dentro de un par de semanas, cuando tendré que cerrar la tienda y me marcharé a Greenville. ¿Quieres un té?

—¿No tienes nada más fuerte?

—Hay una botella de vodka en el congelador para casos de emergencia.

—Perfecto —Susannah asintió con la cabeza—. Tráela, este es un caso de emergencia.

Zoe sirvió dos vasos de vodka con hielo y los dejó en la mesita.

—Háblame de tu relación con Everly Briggs.

—Relación no es la palabra adecuada —Zoe hizo una mueca de rechazo—. Empezó con un encuentro casual en un acto social.

Le contó la conversación que habían tenido y cómo llegaron a idear el plan para hundir a los tres hombres que las habían herido. Susannah escuchó en silencio y no preguntó nada, pero los ojos le brillaban por el interés.

–Parece como si os hubiese manipulado, a London y a ti, para conseguir lo que quería ella –comentó Susannah casi una hora más tarde.

–Seguramente tengas razón. Fuimos estúpidas al unirnos a ella, pero tengo que decir, en nuestra defensa, que las dos estábamos pasándolo muy mal emocional y mentalmente.

Zoe no había dado ni un sorbo de vodka mientras hablaba, pero se bebió medio vaso y cerró los ojos mientras el licor le calentaba el pecho y le aliviaba algo el dolor que sentía en el corazón.

Independientemente de que Susannah pudiera estar enfadada, esa confesión le había dado cierta tranquilidad.

Abrir la tienda había conseguido que sintiera que había logrado algo y le había proporcionado un grupo de mujeres en las que podía confiar. Haber conocido a Ryan le había dado esperanza y le había despertado una sexualidad que no había sabido que tenía. Sin embargo, no había conocido la felicidad plena porque había seguido atada al trato que London y ella habían hecho con Everly.

–Siento muchísimo todo lo que ha pasado entre tu marido y tú. Yo no tenía por qué perjudicarte para hacerle daño a Ryan. Hice mal y no tengo cómo compensártelo.

–Estos días he pasado mucho tiempo pensando en ti –comentó Susannah atravesando a Zoe con esos ojos grises tan parecidos a los de su hermano–. También he reflexionado sobre mi matrimonio y las decisiones que he ido tomando. Si tú no hubieses aparecido en mi vida, Jefferson seguiría engañándome y Abernathy, con sus tácticas rastreas, habría sacado a la luz el escándalo para ensuciar la campaña.

–Eso no es verdad –replicó Zoe.

–Da igual –Susannah se encogió de hombros–, Everly habría atacado a Ryan mediante mi campaña si tú no hubieses aparecido. Según lo que me has contado, se metió entre London y Harrison Crosby como lo hizo al contarle a tu exmarido lo que estabas tramando.

–Tendrás razón…

Zoe no sabía si debería sentir alivio porque Susannah estaba mostrando comprensión.

–Si te pidiese que te mantuvieses alejada de mi hermano, ¿lo harías?

Zoe no se había esperado la pregunta.

–No hace falta que lo pidas. Él ha dejado muy claro que no quiere saber nada más de mí.

–Está dolido.

–Le he hecho daño –reconoció ella con un nudo en la garganta.

Susannah levantó el vaso vacío e hizo sonar los hielos.

–Creo que me vendría bien un poco más.

Zoe tomó la botella y más hielo y lo dejó todo encima de la mesa, al alcance de Susannah.

–No me has contestado la pregunta. ¿Te mantendrías alejada de mi hermano?

–Sí –contestó Zoe.

–¿Porque te lo he pedido yo o porque no estás enamorado de él?

–Eso de igual, tu hermano me dejó muy claro lo que siente por mí.

–No da igual porque estoy intentando decidir si lucho por mi matrimonio y necesito creer que el amor puede con todo…

–El amor… Yo nunca había creído en el amor hasta que apareció Ryan. Creo que ya sabes que mi matrimonio no se basó ni en el amor ni en el respeto y la confianza.

–¿Y ahora…?

–Amo a Ryan con toda mi alma y por eso no pude hacer nada para perjudicar tu campaña. Eres tan importante para Ryan que si te hiciera algo, se lo haría a él –Zoe soltó el aire–. Ojalá hubiese sido más franca antes, podríamos habernos ahorrado mucho dolor.

–Yo no… –Susannah esbozó una sonrisa triste, pero también fuerte–. Me busqué el desamor yo solita.

Susannah miró al infinito en silencio y le dio tiempo a Zoe para que pensara todo lo que había dicho.

–¿Por qué vas a cerrar Tesoros para una Segunda Ocasión? –le preguntó Susannah sacándola del ensimismamiento–. Ryan me contó que recibiste un salvavidas para tus problemas económicos y que te iba mejor.

–Mi exmarido compró el edificio para expulsarme. Volveré a Greenville y buscaré un empleo.

–¿Qué pasará con todas las mujeres a las que ayudabas con la tienda? Si no vas a poder luchar por ti misma, ¿qué será de ellas?

El dolor le atenazó el corazón por la pregunta de Susannah, pero levantó la barbilla y miró alrededor.

—Esto es todo lo que tengo, si lo pierdo…

—Déjame que te ayude.

Zoe sacudió la cabeza, pero había infravalorado la tenacidad de Susannah.

—Puedes y lo harás —los ojos de Susannah resplandecieron con intensidad—. ¿Por qué no sacas los documentos que te dio London sobre Tristan y vemos qué podemos hacer?

—Se los di a Tristan.

Susannah la miró sin poder creérselo.

—¿Sabes cómo se llama la empresa que compró el edificio? Tristan es el propietario, ¿no?

Esa pregunta sí podía contestarla.

—TA Charleston Holdings, LLC, pero no te servirá de gran cosa. Está radicada en un paraíso fiscal.

—No seas tan escéptica. Conozco a algunos abogados muy buenos que saben mucho sobre los entresijos de esos paraísos fiscales.

—No sé si compensa —aunque le encantaba la idea de darle su merecido a Tristan, su intuición la disuadía—. No sabes cómo es Tristan.

—Le tienes miedo.

—Sí, me da más miedo que Everly.

—Pues a mí no me da miedo ninguno de los dos —Zoe esperó que eso no lo dijera por influencia del vodka—. Te mereces que te traten con justicia y estoy dispuesta a ser muy rastrera para que lo hagan.

Capítulo Doce

–¿Qué te trae por aquí? –le preguntó Ryan a su hermana mientras la invitaba a que entrara.

–Quiero hablar contigo de Zoe.

El primer impulso de Ryan fue decirle a su hermana que se metiera en sus asuntos, pero se mordió la lengua.

–¿Qué pasa con Zoe?

–Me pasé por la tienda para verla.

–¿Por qué lo hiciste?

Ella se sentó en el sofá sin inmutarse por el tono airado de su hermano.

–Quería oír su versión de lo que pasó con Everly Briggs.

–¿Y ya la tienes…?

–Se arrepiente de haberla conocido y le gustaría poder cambiar las decisiones que tomó.

–Como todos… ¿Has hablado con Jefferson?

–Claro –contestó ella como si le hubiese sorprendido la pregunta.

–¿Y…?

–¿Qué?

–¿Vas a divorciarte?

–Es demasiado pronto para decidirlo. Ha acabado la historia con Patty –añadió Susannah.

–Supongo que es un primer paso, ¿cuál es el siguiente?

Susannah frunció levemente el ceño.

—Me gustaría conservar mi familia intacta. Hemos decidido buscar asesoramiento —Susannah sonrió, le tomó la mano y se la apretó—, pero esta noche quería hablar de Zoe y de ti.

—No hay nada entre nosotros.

—Está pensando marcharse de Charleston.

Esa noticia era un mazazo.

—¿Cuándo?

—En cuanto haya organizado todo lo de la tienda, la han echado. Al parecer, su exmarido compró el edificio para seguir amargándole la existencia —contestó Susannah con un brillo de compasión en los ojos.

Esa noticia despertó el instinto de protección de Ryan.

—¿Por qué no me lo ha dicho?

—Se enteró el mismo día que recibió el vídeo. Es posible que creyera que mi problema era más importante que el suyo.

Ryan cerró los ojos por el dolor que sintió en el pecho.

—No será posible que tú también estés de su parte en esto…

—No estoy de parte de nadie, pero ¿qué significa ese «también»?

—Paul cree que me he vuelto loco si dejo que se me escape.

—Siempre me ha caído bien Paul, es muy sensato.

—Solo te cae bien cuando está de acuerdo contigo.

—Es no es verdad —Susannah sonrió—. Estaba colada por él en el instituto. Incluso, salimos durante un mes.

–¿Qué…? –Ryan no podía creerse lo que estaba oyendo–. ¿Cuándo?

–En primavera del último curso –los ojos de Susannah brillaron de verdad–. Decidimos que a ti no te gustaría y te lo mantuvimos en secreto –Susannah siguió mientras él intentaba asimilar que su mejor amigo y su hermana habían salido juntos–. ¿Me odias a mí o a Paul? ¿Crees que no puedes confiar en nosotros porque te ocultamos eso durante todos estos años?

Ryan vio enseguida a dónde quería llegar.

–Claro que no. Además, lo que hizo Zoe fue mucho peor.

–¿De verdad? Ella pensó hacer algo y no lo hizo. Paul y yo te mentimos a conciencia durante un mes en el instituto y no te habíamos contado nada desde entonces –Susannah hizo una pausa para que él lo asimilara–. Tu relación con Zoe fue más rápida y llegó más lejos que ninguna otra. Seguramente, te has sentido un poco vulnerable e inseguro, pero de ahí a agarrarte a su error para dejarla y que así no te haga daño… –Susannah sacudió la cabeza–. No es muy bonito, hermano.

–Tengo que pensarlo.

–No lo pienses mucho porque necesita un paladín que la rescate de ese majadero de exmarido.

–¿Y cómo voy a hacerlo?

–Paul y yo tenemos algunas ideas –contestó Susannah con una expresión diabólica–, y para desbaratar el complot de Everly de una vez por todas.

***

Zoe dio un respingo cuando oyó que llamaban a la puerta de la trastienda.

–Ryan… ¿Qué haces aquí?

–Susannah me ha contado que vas a cerrar la tienda y a marcharte de Charleston.

Ella asintió con la cabeza porque el nudo que se le había formado en la garganta le impedía hablar. Estaba maravilloso con el pelo oscuro despeinado y los ojos grises con aire sombrío y preocupado. Apretó los puños para no arrojarse sobre su granítico pecho y no rodearle el cuello.

–¿Quieres entrar?

–Gracias.

Un abatimiento abrumador se adueñó de ella y le brotaron las lágrimas.

–Lo siento.

–Zoe…

Cuando la agarró de los brazos, se tapó la cara con las manos y estuvo a punto de doblarse por la mitad por el dolor que sintió en el pecho. Deseó que no fuese tan considerado.

–No llores… –la tomó entre los brazos y la estrechó contra el pecho–. Lo siento.

Ella se rio al oír sus disculpas.

–¿Por qué?

Ryan le secó las lágrimas con los pulgares.

–Porque mi reacción fue desproporcionada cuando me contaste lo que habías hecho.

Ella tomó varias bocanadas de aire antes de que pudiera hablar.

–No es verdad –replicó ella.

–Nadie está de acuerdo contigo.

Volvió a abrazarla.

Zoe se resistió a su abrazo. No podía identificar al hombre furioso de la última vez que se vieron con ese cariñoso y comprensivo. ¿Por qué había cambiado de actitud?

–Lo siento –repitió ella.

Zoe se dejó arrastrar por el corazón, le rodeó la cintura con los brazos y lo abrazó con fuerza.

–Dejemos de pedirnos perdón. Yo te perdono y si tú me perdonas, podemos olvidarnos de esto y seguir con nuestras vidas.

A ella no le sorprendió que él quisiera dejar zanjada la relación, no era de los que dejaban las cosas a medias.

–De acuerdo.

Zoe apretó la mejilla contra su corazón acelerado con una mezcla de alivio y decepción. Si no estaban hechos para estar juntos, al menos podrían separarse en paz, no tendría remordimientos y podría recordar sin sombras el tiempo que habían estado juntos.

–Muy bien –Ryan la abrazó con un poco más de fuerza antes de soltarla–. Ahora, tengo algo para ti.

Ryan sacó un sobre del bolsillo interior de la chaqueta mientras ella se secaba los últimos rastros de lágrimas.

–¿Qué es…?

–Ábrelo y compruébalo por ti misma.

Zoe, sin saber cómo interpretar la expresión de él, abrió el sobre y miró dentro. Vio algo que le pareció un documento legal y frunció el ceño.

–¿Me has denunciado?

Él abrió los ojos como si se hubiese quedado tan atónito que no podía hablar.

–Verdaderamente, te han hecho pasarlo muy mal, ¿no? –Ryan le quitó el sobre y sacó la hoja–. Eres la orgullosa propietaria de este edificio.

Zoe, que no podía entender lo que había oído, miró fijamente el documento.

–Pero el propietario es Tristan…

–Ya no. Te lo ha vendido por diez dólares. Digamos que Paul, Susannah y yo podemos ser muy persuasivos cuando unimos nuestros talentos.

–¿Por qué ibas a ayudarme después de todo…?

–Tenía que encontrar la manera de que te quedaras.

Ryan volvió a guardar el documento en el sobre, lo dejó y tomó las manos de Zoe en las suyas.

–¿De verdad? –el corazón de Zoe se desbocó al ver la expresión de la cara de Ryan–. Has dicho que deberíamos seguir con nuestras vidas…

–Maldita sea, Zoe –Ryan sacudió la cabeza–. Me refería juntos.

Ella oyó un zumbido muy raro cuando miró sus ojos grises y captó todo el cariño de su mirada. La costaba asimilar lo que estaba viendo.

–Ah…

–¿Ah…? –repitió él–. ¿Eso es un «sí»?

¡Sí, sí, sí!

–¿Estás seguro?

Ella quería con toda su alma que la tranquilizara, pero también le aterraba que cambiara de opinión después de pensárselo dos veces.

–¿Todavía me amas? –le preguntó él con las cejas arqueadas.

–Claro –contestó ella con los labios temblorosos–. Te amaré siempre…

–Eso es exactamente lo mismo que siento yo por ti –él sonrió de oreja a oreja–. Te amo muchísimo. Eres lo mejor que me ha pasado en mi vida y quiero estar contigo para siempre.

Ese momento era tan perfecto que parecía demasiado frágil para que pudiera durar. Necesitó unos segundos para saborear la felicidad por la declaración de Ryan. Miró su atractivo rostro y dejó que los dolores y fracasos del pasado quedaran atrás. Esas cosas ya no afectaban a la Zoe Alston que se reflejaba en los ojos de Ryan. Él la veía buena, fuerte y loable. Se deleitó con su admiración y se sintió hermosa por dentro y por fuera.

–Yo también quiero –susurró ella con un seguridad en sí misma como no había tenido jamás. Ese hombre había visto la peor versión de ella y había encontrado la manera de amarla a pesar de sus defectos. Había aceptado que no era perfecta y nunca le había pedido que fuese lo que no era. Habían superado los errores de ella y ella confiaba en que el amor pudiera sacarlos de cualquier crisis. Eso era bastante para poner los cimientos de un porvenir y Zoe estaba impaciente por empezar.

Epílogo

Everly se dirigió al mostrador de recepción de Connor Properties.

–Soy Everly Briggs y vengo a ver a Devon Connor.

–Siéntese –le pidió la guapa morena con una sonrisa–. Le diré a Gregg que ha llegado.

Diez minutos después, un hombre delgado de veintitantos años se dirigió hacia ella.

–Hola, Everly. Me alegro de que hayas llegado pronto –sin duda, el ayudante de Devon se refería a la reunión de hacía un par de semanas, cuando ella lo dejó plantado–. Vamos a la sala de reuniones para que puedas ir organizándote.

–Gracias –dijo ella frunciendo el ceño mientras lo seguía por el vestíbulo.

Había estado varias veces en Connor Properties desde hacía tres años, cuando le vendió a Devon su idea para promocionar la marca. Desde entonces, él había doblado el número de complejos turísticos y su cuenta ya era casi las dos terceras partes de la actividad de ella.

–Aquí –Gregg le abrió la puerta de una sala de reuniones–. ¿Quieres un café o una botella de agua?

–No, gracias.

Gregg, después de enseñarle cómo conectar su ordenador portátil al proyector, la dejó para que preparara la presentación. Everly, además de diseñar una página web nueva, había esbozado unos folletos y distinto material promocional. Esperaba que la novedad le gustara a Devon. Él se había quedado muy defraudado con las dos últimas propuestas y si esa tampoco lo convencía, podría perderlo como cliente.

Se abrió la puerta de la sala de reuniones y Everly levantó la mirada. Sintió que le vibraban todas las terminaciones nerviosas mientras Devon Connor entraba en la habitación. No solo era un empresario brillante, también era uno de los solteros más codiciados de Charleston y a ella siempre le habría encantado que su relación no fuese solo profesional. Sin embargo, el corazón de le paró un segundo después, cuando vio la pareja que entraba en la sala detrás de él.

—Buenas tardes, Everly —la saludó Devon.

Normalmente, su voz le producía un cosquilleo por dentro, pero esa vez sintió náuseas.

—Hola, Devon —aunque lo saludó, no podía dejar de mirar a sus acompañantes—. ¿Qué es esto?

—Quieren hablar contigo antes de la reunión. No te importa, ¿verdad?

—No, claro que no —contestó Everly tragando saliva y esbozando una sonrisa forzada.

—Perfecto. Volveré dentro de quince minutos.

Devon se marchó y dejó a Everly a su suerte.

—¿Puede saberse qué hacéis aquí?

—No es divertido que te sorprendan desprevenida, ¿verdad? —preguntó London.

—Nos arrepentimos de haber participado en la maniobra contra Linc, Tristan y Ryan —intervino Zoe—. Fue un error.

182

–Se ha hecho daño a distintas personas –siguió la organizadora de eventos sin alterarse con su inmaculado traje azul y el collar de perlas–, entre otras, a nosotras mismas, y queremos que pares.

–¿Que pare? ¿Por qué iba a hacerlo? Vosotras me habéis traicionado –Everly las miró con rabia–. Os merecéis todo lo que os pase y mucho más.

–¡Tienes que parar! –exclamó Zoe mirando a London para que la respaldara.

Everly siempre la había considerado el eslabón más débil y lo que dijo lo dirigió directamente a los miedos más profundos de Zoe.

–No tengo que hacer nada por el estilo. Además, ye olvidas de que tengo un aliado en esta partida que hemos estado jugando las tres. ¿Te has olvidado de lo que intentaste hacerle a Tristan?

–¿Lo que intentó hacerle? –preguntó London–. Tú desvelaste que Zoe iba a por él y él fue a por su tienda.

Everly no se había enterado y sonrió con satisfacción.

–Perfecto.

–No –replicó Zoe–, no tiene nada de perfecto. Las represalias y las venganzas tienen que acabar.

–Nosotras vamos a pararte.

–¿Y cómo pensáis hacerlo? –preguntó Everly.

Entonces, la puerta de la sala se abrió otra vez. Everly, se recompuso al imaginarse que sería Devon, pero se quedó petrificada al ver a las cuatro personas.

Susannah Dailey-Kirby fue la primera en entrar y su hermoso rostro se iluminó al ver la cara de sorpresa de Everly. La siguió su hermano, quien se quedó detrás de Zoe y, a juzgar por su lenguaje corporal, a Everly le pareció que los rumores de ruptura eran falsos. Harrison Crosby también entró para apoyar a London y el cuarteto lo cerraba Paul Watts, el mejor amigo de Ryan. Everly no supo cuál era más peligroso, si él o Susannah, pero no se sintió nada segura.

—No sé qué pretendéis —Everly decidió pasar al ataque—, pero no voy a dejar que me intimidéis.

—Bueno, yo no estaría tan segura —replicó Susannah sin inmutarse.

—Tu plan de venganza va a acabarse en este instante —añadió Ryan con una expresión pétrea.

—¿O qué? —preguntó Everly cruzándose los brazos.

—O te arruinaremos —contestó Ryan con el ceño fruncido.

Había un motivo para que hubiesen elegido a Connor Properties para verse las caras con ella. Esa reunión en ese sitio transmitía un mensaje muy claro. Si no aceptaba sus condiciones, ellos boicotearían su negocio.

—Os arrastraré conmigo.

—¿A quién crees que creerá todo el mundo? —le preguntó Zoe con una entereza que no había tenido hasta entonces—. ¿A todos nosotros o a ti?

—Además, tengo una declaración del pirata informático que contrataste para que entrara en el ordenador de Tristan Crosby —intervino Paul Watts.

—Pero yo no usé el dispositivo de memoria externa —Everly señaló a London—. Lo hiciste tú.

—Te equivocas otra vez —replicó la organizadora de eventos sacudiendo la cabeza.

A Everly no le gustaba cómo estaba saliendo

aquello. No había conseguido vengar a Kelly ni que se hiciera justicia. Ryan y Linc habían salido impunes y London se había enamorado de Harrison. Nada había salido según lo previsto y parecía como si ella fuese a ser la única que iba a pagar un precio.

—Entonces, ¿vas a tirar la toalla y a dejarnos en paz? —preguntó Zoe en un tono más suave.

La compasión que Everly captó en sus ojos fue más de lo que podía soportar.

—Os odio.

—Pero nos dejarás en paz —insistió London.

—No queremos hacerte nada —añadió Zoe—, solo queremos que todo esto acabe.

Esa coalición de seis personas la miraron fijamente mientras esperaban una respuesta. Everly se había quedado sin bazas ni ases en la manga. Por mucho que Zoe dijera que no quería hacerle nada, ella sabía que si no cesaba, harían lo que hiciera falta para hundirla.

Aun así, ver a Zoe y a London tan contentas mientras su hermana se pudría en la cárcel hizo que quisiera pelear más que nunca. Al menos, eso fue lo que pensó hasta que Devon Connor abrió la puerta. Se centró directamente en ella y su mirada le indicó que sabía más de lo que parecía.

—¿Habéis resuelto todo? —preguntó Devon.

—No del todo —contestó Susannah—, pero creo que Everly estaba a punto de aceptar nuestras condiciones.

La rabia se apoderó de ella. No quería tirar la toalla ni dar su brazo a torcer, pero la mirada de Devon le decía claramente que o se olvidaba de la venganza o se arriesgaba a perder el negocio.

–Muy bien –Everly no supo si odiaba más a esas seis personas o a sí misma por haber fallado–, no hay nada más que negociar, habéis ganado.

–¡Caray! Ha sido intenso.

Zoe resopló mientras salían a la calle. El sol de finales de noviembre le calentaba la cara y se agarró del brazo de London para disfrutar de su amistad.

–Casi lo siento por ella –comentó London.

–Ni se te ocurra –le regañó Susannah poniéndose al otro lado de Zoe–. Ha hecho mucho daño. La verdad es que creo que hemos sido demasiado benevolentes.

La vida de Zoe había cambiado de una forma que jamás había podido imaginarse. No solo Ryan y ella se habían reconciliado, además tenía un grupo de amigos en los que confiaba. Ya podía dejar de preocuparse por lo que podrían hacerle Everly o Tristan y centrarse en todas las maravillosas posibilidades que le presentaba el porvenir.

–¿Adónde vamos a celebrarlo? –preguntó Harrison cuando los seis llegaron al aparcamiento.

Paul fue el primero en sacudir la cabeza.

–Otra vez será, tengo varias investigaciones entre manos.

–¿Y cuándo no? –le preguntó Ryan poniendo los ojos en blanco.

Paul se encogió de hombros, se despidió con la mano y se dirigió hacia su Land Rover. Zoe lo miro un instante antes de volverse hacia Susannah.

–¿Y tú?

–Jefferson y yo tenemos una sesión se asesoramiento dentro de una hora. También quiero pasarme por la sede de la campaña y contarle a Gil cómo han ido las cosas –Susannah le dio un abrazo muy fuerte a Zoe–. Divertíos los cuatro.

Zoe propuso el bar de la azotea del hotel Vendue y quince minutos después estaban sentados a una mesa con vistas al casco antiguo de Charleston y del río Cooper. Zoe se fijó en el diamante que resplandecía en la mano izquierda de London.

–¿Estáis prometidos? –le preguntó a su amiga mientras le tomaba la mano para ver el anillo.

–Parecerá acelerado… –contestó London aunque miraba a Harrison con una sonrisa de oreja a oreja.

–Soy piloto de coches y lo que hago es acelerar –replicó Harrison.

–¿Y vosotros dos…? –preguntó London.

–No se lo he pedido todavía –contestó Ryan con una sonrisa.

Acabada de divorciarse y era demasiado pronto para pensar en casarse otra vez. El corazón le dio un vuelco cuando vio cómo la miraba Ryan.

–Ha pasado menos de un mes… –argumentó Zoe con muy poco convencimiento.

–¿Y a qué estáis esperando? –preguntó Harrison.

Ryan sacó algo del bolsillo.

–Quería que pasara todo el asunto de la venganza –Ryan miró a sus acompañantes con el ceño fruncido–, y un poco de intimidad. Sin embargo, después de todo lo que hemos pasado juntos, es posible que tengáis que estar aquí.

–¿De qué estás hablando…? –Zoe se tapó la

boca con las manos cuando Ryan se levantó e hincó una rodilla en el suelo–. Ryan...

–Zoe Alston, eres la mujer a la que amo –Ryan le sonrió y abrió el estuche con un gesto muy teatral–. ¿Quieres casarte conmigo?

Zoe asintió con la cabeza y sin dejar de mirar a Ryan. El corazón le latía con tanta fuerza que llegó a creer que podría salírsele del pecho. Jamás se había imaginado que fuese posible ser tan feliz.

–Sí, claro que sí –Zoe se inclinó hacia delante y le rodeó el cuello con los brazos–. Te quiero muchísimo.

Entonces, se besaron antes de que Ryan le pusiera el anillo y de que London y Harrison les dieran la enhorabuena. Una botella de champán apareció en la mesa con cuatro copas para que pudieran brindar por el amor.

Zoe le tomó la mano a Ryan y se fijó en que London tenía los dedos entrelazados con los de Harrison. La suerte, el destino o un milagro había hecho que algo que había empezado muy mal hubiese acabado muy bien.

London la miró a los ojos, se inclinó y la sorprendió cuando le susurró...

–Jamás me había imaginado que pudiera ser tan feliz.

A Zoe se le hizo un nudo en la garganta y asintió con la cabeza.

–Es increíble lo maravillosamente que me siento en este momento.

Zoe tomó la mano de London y las dos parejas quedaron unidas mientras el cielo se oscurecía sobre el casco antiguo de Charleston.

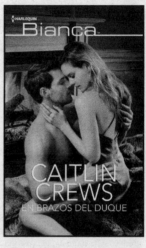

Acepte 2 de nuestras mejores novelas de amor GRATIS

¡Y reciba un regalo sorpresa!

Oferta especial de tiempo limitado

Rellene el cupón y envíelo a
Harlequin Reader Service®
3010 Walden Ave.
P.O. Box 1867
Buffalo, N.Y. 14240-1867

¡Sí! Por favor, envíenme 2 novelas de amor de Harlequin (1 Bianca® y 1 Deseo®) gratis, más el regalo sorpresa. Luego remítanme 4 novelas nuevas todos los meses, las cuales recibiré mucho antes de que aparezcan en librerías, y factúrenme al bajo precio de $3,24 cada una, más $0,25 por envío e impuesto de ventas, si corresponde*. Este es el precio total, y es un ahorro de casi el 20% sobre el precio de portada. ¡Una oferta excelente! Entiendo que el hecho de aceptar estos libros y el regalo no me obliga en forma alguna a la compra de libros adicionales. Y también que puedo devolver cualquier envío y cancelar en cualquier momento. Aún si decido no comprar ningún otro libro de Harlequin, los 2 libros gratis y el regalo sorpresa son míos para siempre.

416 LBN DU7N

Nombre y apellido	(Por favor, letra de molde)
Dirección	Apartamento No.
Ciudad	Estado Zona postal

Esta oferta se limita a un pedido por hogar y no está disponible para los subscriptores actuales de Deseo® y Bianca®.
*Los términos y precios quedan sujetos a cambios sin aviso previo.
Impuestos de ventas aplican en N.Y.

SPN-03

Bianca

Pietro tenía unas normas estrictas
para aquel matrimonio...
¡Y estaba rompiendo todas y cada una de ellas!

RENDIDA AL DESTINO

Clare Connelly

Pietro Morelli rompió su propia norma al seducir a su esposa virgen. Se suponía que la heredera Emmeline tenía que ser una esposa de conveniencia, pero la intensa química que había entre ellos era demasiado poderosa como para que ninguno de los dos pudiera negarla.

Y ya que Pietro ocultaba un secreto devastador, ¿podrían llegar a tener alguna vez algo más que un matrimonio sobre el papel?

DESEO

Un accidente le robó la memoria.
Un encuentro fortuito se la devolvió

Un fin de semana
imborrable

ANDREA
LAURENCE

Por culpa de la amnesia que sufría desde el accidente, Violet Niarchos no recordaba al hombre con el que había concebido a su hijo, pero cuando Aidan Murphy, el atractivo propietario de un pequeño pub, se presentó en su despacho, de pronto los recuerdos volvieron en tromba a su mente, y supo de inmediato que no era un extraño para ella. Era el padre de su bebé, el hombre con el que había pasado un apasionado fin de semana. ¿Creería Aidan que de verdad había olvidado todo lo que habían compartido?, ¿o pensaría que la rica heredera estaba fingiendo para salvar su reputación?